美人姐草

杨袭 ———— 著

时代出版传媒股份有限公司
安徽文艺出版社

图书在版编目（CIP）数据

美人如草 / 杨袭著. —合肥：安徽文艺出版社, 2020.5
ISBN 978-7-5396-6967-0

Ⅰ. ①美… Ⅱ. ①杨… Ⅲ. ①长篇小说－中国－当代 Ⅳ. ①I247.5

中国版本图书馆CIP数据核字(2020)第084650号

出 版 人：段晓静
责任编辑：刘　畅　　　　　　　装帧设计：马德龙

出版发行：时代出版传媒股份有限公司　www.press-mart.com
　　　　　安徽文艺出版社　www.awpub.com
地　　址：合肥市翡翠路1118号　邮政编码：230071
营 销 部：(0551)63533889
印　　制：安徽联众印刷有限公司　(0551)65661327

开本：880×1230　1/32　印张：8.75　字数：200千字
版次：2020年5月第1版　2020年5月第1次印刷
定价：38.00元

(如发现印装质量问题，影响阅读，请与出版社联系调换)

版权所有，侵权必究

上篇

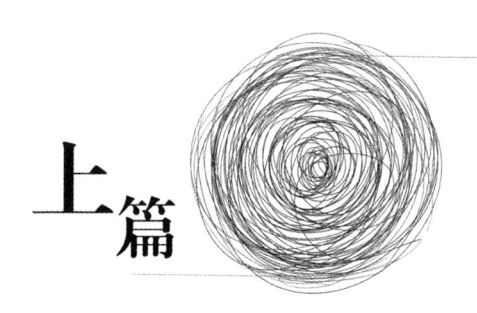

1

翌日,刮起冷风。

秦如瓦裹了件厚实的外套,把黄表纸和祭品装进帆布包,将一条毛巾折几折,铺在上面,提起来瞅瞅,除鼓了点,和平时拿着它出门时看不出两样。她提着布包对着门边的镜子理理花白短发,走出门。

卧在门边的小花狗噌地跳下台阶,欢实地蹦跳着先她一步出了医院职工生活区大门。

深秋,过午,一人一狗,最后一次搭伴走在泥河大街上。

她走过医院、派出所、镇政府、南边的德生食品加工厂,走过林立的店铺,走过西街口崭新的大理石桥,走过镇西路两边间植的龙爪槐和桑树,走过早已改成利民水产加工车间的面粉厂,走过中石化加油站,她停在农行西边朝南的小土路口抬头远望,惊了一下:记得当时,站在大路上,往南远望,能看到三棵柳树下新筑起的褐色坟包,可眼下,柳树不见了,也不知道是什么时候不见的……

在路边站了一会儿,她转身看了看四周,走进荒野。细路如毡,铺长着细密的绊子草、千根草和马齿苋,风穿过路两边的荆柳、红蓼、苍耳、刺蓬,黄绿参半的枝叶唰唰作响。她唤了声早没入草丛的花狗,渐渐走入荒野深处。小路越走越窄了,两旁的蓬蒿和荆条在蔓生的野草上抄起手,她拨拉着野草,朝着半个世纪前记忆中大致的方位探过去。

花狗早寻不见了,只听见深一声浅一声的轻吠,人也渐渐没入荒草丛中,一些树鹨,扑棱棱惊飞起,在半空旋一圈,迅疾下沉陷入苇丛。她回过身,已不见了面粉厂的二层厂房,不见了路边的树梢,不见了镇政府四楼上飘摇的红旗,也不见了来路。

秦如瓦揉一下胸口,将才生出头的一丝惊慌压了下去:这老天,还能拿出什么东西,吓得住她这么个行将入土的老太婆吗?

她掏出铺在布袋口上的毛巾擦了下额头上沁出的几粒汗珠。继续前行,经过了几座残颓的土窑后,终于在一片稀拉的苇丛中,看见了一座低矮的坟头。要不是坟前青砖砌就的"土地台",还真难让人一眼就分辨出这是座坟墓。

她拿脚在坟前踩出锅盖大的平地,坐下略微歇了口气,然后,从布袋里掏出五只瓷盘、半斤酒、一只酒盅子、一双筷子,把几只苹果、一个大馒头、一袋小点心、一条炸鲤鱼、一块方肉摆在瓷盘上,拧开瓶盖,倒上酒,拿出黄表纸——

"哎呀,我来看你了,你,你该是认不出我了吧——"

她轻咳了一声,往耳后理了下头发,一匹矫健的花斑豹,嗖地跃入她的脑海,但没来得及迈开腿,就被头顶上轰隆隆驶过的飞机吓跑了。她抬起头,看到硕大的飞机,在半空里拉出长长的白线,发出震得人头皮发颤的轰隆声。她想起小白前几天说过,黄河口刚修了机场,往北去的飞机,都从镇上过。嗯,这是往北的呀,往北呀,她突然想,不知道这样的飞机加满油能不能飞到苏联?噢,现在叫俄罗斯了——能不能飞到莫斯科?能不能飞到贝加尔湖?那该是个很美的地方吧?

她望着天上的白线出了会儿神,低头忘了要做什么,好不容易想起来,噢,该倒酒了吧。她端起酒,洒在地上,小声说:"这么多年了,你也从来没托梦给我,也不知道你过得怎么样,恨不恨我?唉,我也快过去了——唉,那时候,太年轻——"

她说着拿起黄表纸,往口袋里掏了一把,紧接着在衣袋裤袋摸了两遍——她忘了带火机。

她站起来,转身往回走,走了没两步,突然伸出手向两边抓了几把,扑通一下栽倒在荒草丛中。

花狗叫着拱门时,绿米在门后借着阳光拣黄豆,她放下筛子,打开门,叫了声喀秋莎,花狗不进门,在门口转着圈儿叫。绿米不解其意,回身到厨房拿了根火腿肠撕开扔给它,它不吃,喂儿喂儿叫着去咬扯她的裤脚,绿米突然明白了。

这是有事儿啊!

看绿米踉跄着奔出来,花狗先一步跑到巷口,见绿米出了巷口向东走,又狂叫着扯她的裤脚。绿米皱起眉头,不由得跟着它往西走。花狗在前边小跑着引路,时不时站在原地打着圈儿呜咽。这样走走停停,绿米走进镇西南那片蛮荒之地,看到倒卧在草丛里的秦如瓦时,太阳已经偏到了西边的林梢上。

绿米跪下来,艰难地扶起秦如瓦上身,掐人中,揉胸口,大声呼叫,不见一点动静,最后折腾得实在没力气了,只好把她重新放在地上。秦如瓦倒醒了,醒来后,吐出一口气,认出是绿米,扯了下嘴角笑了笑,说:"真是猪脑子。"

说完,她咳了一声,头一歪,走了。

绿米站起来到街里叫人时,才发现了几步之外摆放得齐整的祭品和皮扇子的坟。皮扇子是镇上的五保户,脑子不灵光,有娘哄的时候还像个人,老母亲一走,就彻底疯癫起来。有个雨天他领着一大群孩子,头上扣个铁盆子爬到变电器上当奥特曼,被电成了焦炭。热心肠的人们到他家里弄了两床被褥,把他卷起来埋在镇西南荒地里。

为什么给个疯子上坟?

什么猪脑子?

绿米百思不得其解。

眼下不是想这个的时候啊,快点先去叫人吧。绿米把坟前的东西一股脑儿填进布袋,提起跑了几步又把它们扔进荒草。

她跑到街上叫上马秀银和刘德秀,到寿衣铺选了几件衣裳,男人们把秦如瓦送到医院——那儿也是她的单位、她的家——进行例行的检查和死亡认定。很快,秦如瓦被收拾好放进殡仪车的后厢里,绿米爬上车,去送她最后一程。

殡仪车缓缓驶过泥河大街,绿米回头,望着灯火初上的长街,鼻子一酸。蓦地,车后滚动着的一团什么东西进入她模糊的视线,是喀秋莎。绿米叫停车,下车把花狗抱上来。

我走了,老朋友们,再见啦,再见啦,泥河大街!再见啦!

绿米拍着花狗,心想,替秦如瓦说,也好像是替她自己说。这么多年,她送走多少人,想都想不过来了,什么时候,这车厢里会躺上她自己?又是谁会坐在她现在坐的地方,陪着她到火葬场,看着她走完在人间的最后一程?

她抬头,望着长街——

街西首,悦来客栈,仍旧映着旧式的红灯笼。虽然从平房换成了三层楼,但还是那老柞木门,还是当年她公公拿火烙铁烫在一扇旧门板上的牌匾,门口还是当年那两棵苦楝子树,似乎,耳朵里,还有云良爱听的《隋唐演义》,鼻孔里,是炉里布鸡的焦香,那个来养白虾的涟水人孙少红,拖着个大皮包,刚刚在街口跳下客车,站到客栈门前。

"你进去,她在后院儿。"

她好像还能听到当年马秀银清脆的嗓音。

那一刻,她——那个年轻的绿米,刚在客栈后院坐下,从桌上盖着笼布的柳条笸箩里取出一只布鸡,从锅里盛了一碗小米粥,就着桌上的一小碟腌黄瓜开始吃饭。一只布鸡未吃完,就听到一个浑厚的外地口音朝后院喊:"有人吗?住店!"

"好,稍等啊!"

绿米应了一声。

孙少红听到人应声,返回前厅,将身体安顿进过道旁边的椅子里,摸出烟盒又掖了回去——他闻到了后院飘过来的焦香,肚子咕噜噜叫起来。

不多时,绿米用一只木托盘端着吃食进来放在沙发前的小木几上,到柜台后拿了坠着小木牌的钥匙递给他,说:"从东数第三间。先垫垫肚子吧。"

孙少红拿起一只布鸡放在鼻子下闻了闻。"真香,"孙少红说,"我来这里有事,要长住,房钱能优惠些吗?"

"能啊,怎么不能?反正,这么多房,空着也是空着。"绿米说,"长住?你来这里做什么?"

孙少红两口吃完一只布鸡,端起绿豆汤喝了一口,说:"挖池子,养白虾。"顿了一下,又说,"我姓孙,孙少红,以后,要有事还请你多费心。这叫什么?又香又脆。"

"布鸡。"

绿米说着站起来,她要去吃饭了,吃迟了,要耽误和明天用的面。

那时候,绿米所有的心事,都在客栈的前厅后院里。她往日的福气和苦痛,也都在这店里,她可见的余生,也还要指着这店。泥河镇太偏了,北面是黄河,东面是渤海,离市离县都太远太远,在广袤的大荒原上,泥河镇是块孤洲。这样的地方,一年,能来几个生人住店呢?所以,与其说绿米的日子靠这一爿店面,不如说靠着烤制布鸡的好手艺。

店是她第一个男人云良的店,烤制布鸡的手艺,也是他教的。云良爱吃红豆沙馅的布鸡,所以,云良在时,她也只做红豆沙馅的。后来,她的第二个男人海,说红豆沙甜腻腻的,嘈人,她换了黑芝麻馅。再后来,她想云良时,就做红豆沙馅的,想海时,就做黑芝麻馅的。她的日子,就在这两种馅料的更替中拉得长长的,拉出连着白日黑夜,连着过往和眼下的细丝。这是她的秘密。

绿米想着心事,卷起袖子,拖过案上一只大瓷盆,拿一只白铁舀子从东墙角堆放的面口袋里挖面粉,挖上大半盆,再从门边的水缸里取水,摘下挂在门后浅蓝花的布围裙系好,将双手伸进面盆。

面粉很细,水凉丝丝的,绿米调和着水和面粉,不自觉地叹气——好日子,都在当初。

当初,绿米还是新妇。

那时候,男人云良在屋里和面,新妇绿米倚在门框上瞅着,两腮上独属于新妇的潮红若隐若现。

"来,来摸摸呀。"

云良抬头对绿米说。

绿米不动,拿牙齿细细地将一粒籽仁儿切着,哧哧地笑。

"你笑什么?摸摸才知道——这面呢,像女人,发势好不好,全在揉上呢!"

云良边揉着面边打量一眼绿米。绿米的脸早已红了,拿手往后边理着并不存在的乱发。

"不听了,没个正经。"

绿米刚想走开,云良的手就过来了,手里是一捧揉好的面团。臊眉耷眼的绿米抬起葱白样的指尖在面团上轻点一点,白沁沁、细滑滑的,面团带着云良双手的温度,指肚像贴在细丝绸上,新妇绿米像想起了什么似的,脸更红了。

"服不服?再瞪眼狼嗓的女人,也经不起这一揉搓,保准软得跟面团一样——"

噗的一声,面团跌到案板上,男人的手臂揽到新妇后腰,女人向后一仰,醉得比案板上的面团还软和。新妇绿米,那时候,面都粘在腰前胸肚皮上,不像后来客人们在后院看到的老板娘绿米,面粉在手上、脸上,不小心的时候,还粘上头发,像突然地白了头。

那时节,流金淌玉;那时节,花好月圆。

那时节,云良不让绿米揉面。

"想要软的面,要用硬气有力的手。"

云良也不让绿米看炉。

"你才刚——哪会拿捏住这火候——你知道哪块柴长出多高的火？火有长短，也有软硬哩，你哪里——就像——一个好女人，揉上下了功夫，好坯子有了，但让她味道好，接下来得——"

绿米捂上脸欲走了，男人一把扯了衣襟，低头细细地瞅了眉眼。

"臊什么臊？又不是——"

新妇绿米在街上转半圈，女人们拿眼瞅着绿米，话却冲着自家男人，说："瞧人家这媳妇养的！"

客栈斜对门，大同鞋店的女主人马秀银，对男人郑大同说："云良媳妇脸又白了呢！"又说，"云良媳妇腰更软了呢！"又说，"云良媳妇那眼，水得——"

黑脸郑大同低着头，双手勒紧了正上着鞋帮的线，吐一口气，说："人家会长，你也照样长一个——"

马秀银说："是人家云良养媳妇细致——你也不学学？"

郑大同扔了勒了一半的鞋，拉下脸来："我要和他一样，活得跟个娘们儿似的，成天搅和个面剂子，不如去死了强！"

郑大同勾着头，出口的话和他的脸一样黑硬，一粒粒砸在砖地上，弹起来，满屋子乱蹦。马秀银捂了捂耳朵，撇一撇嘴，拿手在柜台上支了头，叹一口气，发起呆来。好半天工夫，那话，才一粒粒地落在角落里，挤着，挤得马秀银缓缓地拿手揉胸口，空气中，只剩下郑大同手指紧紧扯着胶丝的刺棱刺棱的闷响。

马秀银嘴里不再说什么了，只扭了头，看悦来客栈门口的牌匾和灯笼,还有两棵并生的苦楝子,看着树下进出的住客,看着自家门楣下和客栈屋顶间露着的并不宽绰的一道天,云恍恍惚惚过来,又迷迷蒙蒙过去。

看着背着皮包的远客孙少红从街里返回来进了悦来客栈后的第二个夜晚,马秀银突然想起那天是第一次也是唯一一次在郑大同面前说起对面夫妇的事来,回忆比这夏夜更深厚,长长的时光尽处,那双手,柔软的指尖,仿佛又一次触到了她心尖上。

她扭头看郑大同,后者勾着头,黑着脸,像多年前一样刺棱刺棱抽着胶线。

马秀银站起来转过柜台推门往街对面走,她闷得很,她要找绿米聊聊天。

淮安涟水人孙少红就着客栈前厅藤椅边的一只小圆几用晚饭,两只布鸡,捏着一只,盘里一只;一小碟鸡蛋蒸的虾酱,四四方方的,像块灰色的腐乳;一小碗绿豆汤刚端来,汤面上晃着光圈圈。

绿米坐在柜面后,脸对着新来的住客,像刚问出了什么话,等着对方回的样子,来客嚼着饭,似有话要说的神情。

"哎,跟你说的那事——人家老石可是等着回话呢。"

马秀银俯身在柜台上,瞅着绿米说。

"呀——当着客人呢,说这些!"

马秀银突然怔了一下,想起过来找绿米说话,是心口闷呢,怎么突然说开这些了?很久以后,马秀银又想,自己突然说那个话,是不是存心？是不是看到孙少红第一次在客栈前站住脚时，就预感到了什么？所以，当时不等绿米答话，她先回过头去看这个草草地用着晚饭的新房客。

"你们聊，我要休息了，明天还要去找农场谈租地的事。"

涟水人孙少红突然站起来，朝着绿米和马秀银说。

"他叫什么？"

马秀银看孙少红回了房间，问绿米。绿米扯了下嘴角，说："说姓孙，叫孙少红。"

"孙——少红，咯咯咯，一个女人名儿。"

马秀银笑了起来。

2

　　泥河是黄河尾闾的一条支流,在泥河镇西二十几里分了黄河的浑水,钻出一片密洼洼的绵柳林地,穿过人工河沟纵横交错的一片又一片盐碱地,缓缓地往海里推。海潮大时,河水会被呛回来,漫上两岸的荒草坡。河海推推搡搡,积出一片草罕苗稀的泥洼地。泥河人说,这河家伙什儿不好使,软得很,吃潮水的气。也难怪,泥河历来阴盛阳衰。

　　但阳衰了,阴能有多盛呢?

　　新妇绿米还未奶完孩子,就成了孀妇和弃妇。

　　日子突然塌了半边,脸上的潮红倏忽就找不见了,两个男人,一个死一个走,死的扔给她一个破店面、一盘土烤炉、一个吃奶的丫头,走的留给她一个瞎眼老公公。

马秀银很快从愧疚、嫉妒、羡慕的泥滩里爬出来,开始对绿米心生悯意,两个不共戴天的女人,渐渐又走动起来,重新变得眉眼默契、无话不谈。

那晚,马秀银临走前拿下巴往客房处一指,说:"瞅着吧,这个孙什么红,和你有戏。"

绿米苦笑了。她现在无论怎么笑,嘴角眉眼间都含着苦——可不,一个单身女人,靠着一年里来不了几回远客的一爿客栈,养活着名不正言不顺的瞎眼公公和幼小的孩子,抹多少蜜,都尝不出甜来。

万幸的是,她尚拿得住烤制布鸡的手艺。日子重新烟熏火燎地支了起来,马马虎虎撑了下去,孩子断了奶送到下河母亲家里,她一个人,急手乱脚地把前房后院划拉过来翻腾过去,日子像根苦芽儿,两片浅黄的子叶挣扎着从生活的泥潭中钻出来,风一番雨几回,见了绿。

白日总是好过的。

可是,夜,真长啊!

绿米收拾完住客的碗筷,扫一下地,烧几壶开水,归置下后院烤布鸡的家什,洗漱一下,坐在后面卧房的窗前,看月牙儿,看星星,看阴天里的荒黑凄寂。并不久长的往事,潮水样涌上来,退下去,她的身子随着整座院子,像浮在海里,漂呀荡呀,看不到边呀,没个落脚处。

刚嫁过来时,谁不羡慕她有福?娘家的人羡慕她嫁到镇上,镇上的人羡慕她有个疼她疼到头发梢儿上的好男人。这才几年的工夫,日子的大堤,怎么说塌就塌了?从哪儿出的洞?由哪儿进的水?怎么这么快呢?快得让人脑子转不过弯儿来。

绿米长长地出了一口气,好想喊上一嗓子,从天上喊到地下,从河肚子喊到海里,从街东喊到街西,把男的女的、当官的种地的、穷的富的、俊的丑的、卖肉的照相的、开黄鱼店的音像铺的、布庄的毛线店的、镇上的外来的、抽烟的喝酒的,走着路的睡着觉的,统统惊起来——

有几次,绿米将手伸在柜台后的搁架上攥住一只酒瓶的瓶颈,稍稍松下手指,转半圈儿,摸出来了。瓶颈是圆的,又长又细,不是短脖子的绵竹,也不是齐肩膀的兰陵,是瓶洋河大曲。她拿下来又搁上去,搁上去又拿下来,她多想喝醉一回呀,但又劝自己千万不要开这个头啊,顺水下流,容易得很,可哪家的长久日子,不是逆水行舟?

真的,夜,真长啊!

冬天,还有东北风可听。

说风是从西伯利亚刮来的呢,绿米知道,西伯利亚在北边,在苏联,上学时有一篇课文,就是苏联人写的,老师要求全文背诵,但她只背得出前几段:"在苍茫的大海上,狂风卷集着乌云。在乌云和大海之间,海燕像黑色的闪电,在高傲地飞翔。一会儿翅膀碰着波浪,一会儿箭一般地直冲向乌云,它叫喊着——"

她也想叫喊,想飞翔,想一会儿翅膀碰着海面,一会儿箭一般地冲向乌云——她想,可是,夜好黑呀,院子里噼噼啪啪地乱响。这风啊,卷裹着极地的酷寒,扯缠着东北亚苔原的广袤和狂野,粘连着渤海的闷厚,刮过泥河的田野、树林,掠过重重屋顶,轧得她的心哪,扁下去,又鼓起来,像只牛皮风箱,夹杂着咸腥的长夜,一点一点,在吕记面酱铺的屋顶上泛了苍白。

夏夜是最难熬的。

悦来客栈后院的夏夜潮湿闷热得像只茧,把人水啦啦地裹在里面,雷滚过头顶,雨浸过周身,这茧,胀开来,悄没声地裂个缝儿,两片悲凉婉转的翅膀伸开,月色中,飞起一只又一只灰绿的花调子。

这调子漫过客栈屋顶,洒落到街上,由西向东,潺潺湲湲地淌。

孙少红从泥河大街东头尽处的洼地里走出来,在蓝汪汪的月光里走过奶牛场,走过黄海医院,走过泥河镇政府,走过一洞又一洞的巷道口,走过毛三布店前的一丛夜来香时,听到了低沉的哭声。

那哭声很怪,低而细,像阵微风,从脚底下往上缠。孙少红支起耳朵,辨不清声音的来处,抬头看看月亮,已经过了夜半,街边的树,树叶哗啦啦的,很沉。孙少红想起了某些不可言说的事,远行的胆量,又自腹底升腾起来,他往前大步走着。

他来泥河,是要来发财的。

泥河有一种白虾，和别处的虾不一样。

别处的虾个儿虽大，但壳子都是硬的，烹制的时候妨着入味儿，吃时费劲巴力地扒皮，除非有粗大的胃和钢铁样的牙，凡人不敢把壳皮吃进嘴里。但泥河的不一样，泥河的白虾，是软皮，皮薄得不占斤两，一蒸、一煮、一炒、一炸，皮透明了，贴在里面的肉条上，吃进嘴里又弹又香。

一入秋，在泥河大街上开着水产店的老石就开始收白虾，紧锣密鼓地往外运。孙少红在淮安城东北等，早上等车晚上等车，等来便拉到淮安、盐城、扬州、南京，卖得比车跑得都快。孙少红前些年发起家来，老石也在泥河大街上把早先自家黄鱼店两旁的三四家店铺都盘下来，开成了利民水产批发，做着好几个省的买卖。

但不知啥时候起，泥河水少了，出黄河的绵柳洼地边建了胶厂、炼油厂，泥河水里难长起白虾了。

孙少红，折腾了家底，来泥河挖池子养白虾。

他表哥，在盐城海边搞养殖，养南美白对虾和罗非鱼。表哥答应他池子建好，派几个人过来做技术支持——孙少红底气十足，踌躇满志。

他像个钢铁战士，漫说半丝半缕的哭声，就是真来了鬼，他也要赤手空拳，全打回去。只是，他累了，胳臂、腰、腿都酸痛，他大踏步往前走，西街口悦来客栈从东往西数第三间客房里那张简陋的单人木床母亲般向他招手，他恨不得能一步扑进它怀里。

不对,不是哭声。

孙少红在大波音像店前站住脚,侧耳听,听见了,这声儿,细细的,像金丝穿透夜色的泡泡,刺痒着他的耳膜,让他心里有一种说不出来的感觉。这声儿,再低再沉也瞒不了他,这世上,没第二个人有;这声儿,像束光,在悦来客栈前厅里,曾照得他睁不开眼。

是啊,他想不明白,明明是声音,怎么像眼前迸溅的光点?客栈就在眼前,他脚步慢下来,一群密集的什么东西,就在他胸口浮游。刹那,他想起了那些虾苗。

前年,他开着卡车带着表哥的技术人员来泥河取虾苗,那些线头大的小生物,欢快地在水里跳啊游啊,被他们连水取出来,倒进一只又一只箱子里,放在卡车箱上,连夜赶到盐城海边,放进育苗的池水中。第二天一早天不亮,他就拿着手电筒去查看。

水面,飘着一层细草末子样的东西。

——全死了。

孙少红突然开了窍,泥河白虾,得用泥河水养啊!

这样的灵光,就像几年后他坐在悦来客栈后院的月下,对着面前绿米的影子突然想,他为什么同白虾过不去?他是个水产贩子,又不是生物学家。

是呢,泥河白虾没有了,还有对虾,有梭子蟹、虾皮、蛤蜊、大牡蛎、海螺、琵琶虾、海胆、海葵、海肠子,有黄鱼、鲈鱼、梭鱼、狗尾鱼、刀鱼、鲢鱼、青鱼、鲅鱼、墨斗鱼——他卖什么不行?!

鬼迷心窍!

可,人,一辈子,总是要鬼迷心窍一回的。

老人、孩子劝都劝不住,老婆拉都拉不住,家里热火朝天的买卖,恋也恋不住,涟水人孙少红,铁了心要来泥河养白虾。那个夏季,他在镇东洼地里起早贪黑地挖池子。

他不知道他在一个多月后挖得半好的十二个虾池,毁于后半夜开始的一场暴雨,也想不到他再一次回到家,把店面折了现,又到亲朋好友处筹了一部分款,揣着一大包现金登上往泥河的车时,他老婆跑到车站塞给他一纸离婚协议。他在车上啃着一块面包,想不明白,他这是去挖池子养虾赚钱,又不是出去吃喝嫖赌,有什么可离的?她怎么想的?

"你就等着数钱吧!"

车开动后,他把信封装的离婚协议书扔出去,冲着他老婆的背影喊。

孙少红什么都不知道,他扶着客栈门口的苦楝子,甚至忘了身在何处。

声儿越来越浅,在他蹑手蹑脚地推开门时,止了。

他躺在床上,睡意全无,心想,深更半夜的,她竟然在唱歌?唱的是什么呢?一个字也没听清楚,但是,这心里,咋这么酸?

那场大雨,一天天近了,池子,也一天天修起来,三十亩一个,齐边齐沿的,就等着找压路机过来将池沿压实,用石头和水泥砌起来。十二个新池子,分两排,一溜往东,往海边排开,用不了几天,放上水,置上净化和充氧机,虾苗哗啦啦倒进去,一虎口长的白虾,已经在他面前齐刷刷地蹦起来。

孙少红想,再在池边建上一排十几间砖房,就不用花钱住客栈了,既有工人宿舍又有仓房,对,还得弄出两间房子,搞成冷库。

他每天天不亮就起床,倒一碗开水,嚼上两三只布鸡,把昨晚洗掉汗味的毛巾搭在脖子上,出了门,踩着夜露,往镇东赶。

走到镇东头,柏油路断在缠绕着萝蘼的蓬蒿苇丛地边,一条被挖掘机压平的野路,有些顽强的野草已经再一次竖起枝条。下了路,走过一片葵花地,就看到一垄垄池坝的浅褐色的新土了,多么让人激动啊!

这些池子耗尽了他的家底,让他背上了后来多年才还清的外债,谁也想不到它们的最大的用处,就是后来成了省内外一些诗人来泥河搞诗会时必来参观的"古城遗址"。孙少红既想哭又想笑,哭笑不能。这些诗人甚至带来了帐篷,"驻扎"在"遗址"中,野炊、颁奖、载歌载舞。组织者贾十月在第二年夏季,找了几位当地的老者在"古城诗会"上唱"迷魂调",把一群穿着喇叭裤蝙蝠衫的男男女女唱得尖声吼叫,又笑又哭,争相与唱曲的老者合影,纽乐芙照相馆的郭少安,很是赚了一笔。

"迷魂调?"

几年后的一天,孙少红在街上遇到贾十月,凑上前去问。

大热天,贾十月穿着长袖花格子衬衫,扣着袖扣,前襟却几近敞到腰,喇叭裤脚像小裙子,头上扣着卡其色鸭舌帽。他擦了把汗,扭头看一眼孙少红,把烟头扔在地上,抬起白色的塑料高跟凉鞋踩了踩。

"哈哈,养白虾的涟水人,你不成穷光蛋,对不住老天。你来养白虾,你知道泥河的白虾为啥是软皮吗?"

孙少红愣了。

"你知道泥河的水什么味儿,泥河的土什么味儿,泥河的风什么味儿吗?你知道公社书记何建邦为啥老往土地所跑吗?你知道农场子弟中学院里的水塘为啥年年死人吗?你知道泥河一年打下多少芝麻,生几个孩子吗?你知道胡同口哪家的狗好咬人,哪户养着骟驴吗?你知道这大街上谁家的男人在搞破鞋吗?——"

"我怎么会知道?这和虾有什么关系?"

孙少红很火。

"连这都不知道还敢来养白虾,养王八吧。"

"真撞鬼,我为啥和你说话?疯子!"

"傻×,还有劲了,滚开,老子没闲工夫和你唠唠!"

这一天,孙少红收到了他老家法庭寄来的判决书,他丢了老婆;这一天,贾十月到公社旧谷仓向杜梨表白遭了拒。两个失意的人一下子在夕阳下碰出了火,瞪起眼,咬着牙,拳脚相加。

不一会儿,就围满了人,越围人越多,圈子越来越小,两个人为了施展身手,眼神一撞往外跑,人群让出一条道,两个人欢欢实实耍起来,从冯记纸草铺打到黄鱼店,从黄鱼店打到面酱铺,从面酱铺打到照相馆,从照相馆打到镇政府,满街的人忽地往东,忽地往西,直打到派出所所长大鼻子老李牵着一头黄牛从东边走过来。

人群呼啦展开到了西边,街上滚出个大肉球,老李把牛拴在街边的槐树上,过来认了半天,才认出一个是孙少红,另一个是贾十月。

"散了吧,那谁,喊声老胡,让他来牵牛,牛找到了,别忘了喊他带上半斤猪头肉,这一下晌踔得我!"

老李蹲下,拿手在孙少红额头和贾十月鼻子嘴边的血上蘸了蘸。

"我×,这是真打啊!"

哄的一声,满街上人都笑了。

"起来,跟我到所里录个口供。"

老李站起来,对着地上蜷成团的人说。

"团子"不动,老李弯下腰,踢了一脚。

"还不松开,给脸不要脸哪,打死算完!"

老李倒背起手,吹了声口哨。

"二月里龙抬头好大个风,姐送那哥哩下个关东……"

眼见得老李哼着小调儿走远,团着的人也打不动了,他们各松了手,爬起来先是浑身上上下下检视自己,后互相打量下,算计赔赚。

"×,你下手也忒狠了。"

"×,我的衬衫,我的裤子——我的帽子呢?"

他们把脸浸在毛三布店门前石槽子里清洗,小唐,毛三买来的四川小媳妇倚在门口嗑海瓜子。

"龟儿子,打得好欢气!"

薄暮中,他们一起和小唐调笑几番后,一前一后,到蔡家包子铺吃包子。进屋坐定后,贾十月让蔡同德出去拿了瓶酒。

"什么日子,这么丧气,来,压压惊!"

一开始,两个人还有点尴尬,酒杯一举一下肚,就都笑了。

"什么迷魂调,就是我起个名儿糊弄他们的。"

贾十月咽了一大口酒说。

"我告诉你,泥河呀,原来叫迷河,丰水时节,常死人。为什么叫迷河呢?因为出了黄河绵柳洼边的麻家湾常闹鬼。麻家湾的鬼故事,我有一大篓子呢——麻家湾的鬼都是水鬼,小村小店的,鬼也不大胆,不敢溯流而上到黄河里去,就顺着水流往下淌,边淌啊边哼着歌呢,身壮火旺的人是听不到的,听到的都是身子、心气俱弱的人,听到迷魂调的人会不要命地朝河里走,就完蛋了。你说,这不叫迷魂调叫啥?"

"噢,原来是这样。"

孙少红茅塞顿开。

"这样个屁,你还真信呀?就说你缺根弦儿。"

贾十月很不屑。

"那是我编出来骗他们的。泥河调,是饥荒时泥河人下关东谋生讨饭时唱的小曲儿。这是文化你懂吗?但泥河肚子里死人可不是我编的呀,这和你养不成白虾可是一回事。"

孙少红终于明白,泥河的白虾之所以是软壳,不是虾种与别处不同,而是跟泥河口儿处地热水源有关系,地下水有硫黄,泥河水虾壳子长不硬,也因为有硫黄,泥河水比一般的水更呛人,比别处溺毙的人更多。

"我×他妈!"

孙少红一拳擂上桌子,额角暴了青筋。

"就说嘛,你对这个地方的屌毛都不知道一根,想在这块地上挖金子,凭啥?你就是个纯的、不掺半点渣的半吊子。"

"我是,我是。"孙少红点着头说,"来一段那个迷魂调呗!"

"老子被你打了还要哄你欢气呀!"贾十月吐出一口烟气,"不过呢,老子可以让你开开眼,这曲儿,我给调了下,少了叫花子们的凄惨劲儿,声气儿妖了。先给你来段正经的,这可是配上乐到省里拿过大奖的呀。"

　　正月里拜年挎小筲儿

　　姨生个姐哩好脸片儿

　　好脸片片呀喂

　　二月里龙抬头好大个风儿

　　姐送那哥哩下个关东

　　下关个东呀喂

　　三月里彩风筝飞满天

姐盼那哥哩回家转

回家个转呀喂

四月里梨花一色白

哥死他乡噩信来

噩信呀来呀喂

五月里石榴红艳艳

姐想起哥来泪涟涟

泪个涟涟呀喂

六月里伏天摇小扇儿

姐想起命来心好寒

心个好寒呀喂

七月半祭哥好悲伤

黑夜里思想哥泪两行

姐梦去关东把你寻见

佳人哪做伴好还乡

好个还乡呀

好个还乡

……

唱到最后,贾十月竟把自己双眼唱潮了,一滴透明的涕水挂下鼻尖来。

"都不易。"

孙少红端起杯子,敬贾十月。贾十月也端起杯,碰了下,说:"你就说,唱得咋样?妖气不妖气?"

"妖气,真妖气。"

孙少红先干了。

贾十月干了酒,把酒杯往桌面上一蹾:"再妖也没石桥边那小娘儿们妖吧?"

孙少红立时就臊了:"你又胡说。"

贾十月慢条斯理地倒了酒:"老兄——你比我年长几岁,我叫你老兄——我是个诗人哪,诗人是什么?探察人心、格物、格人,这么说吧,这镇上,大街小巷,大家小户,大事小情,我什么都格过几遍,啥能逃得过我的眼睛?哈,你脸都红了!"

3

夜气真潮啊!

绿米将下晌刚退了房的两位住客用过的床单、被罩洗净拧干,挂上院里常年横拉着的胶丝绳,刚想进北屋又转过身来。她想起孙少红房间墙角的那堆脏衣服,刚才换床单时想一起拿到后院洗了,但抓起来,又扔下,她想,她做的是买卖,不要把大把的情分塞进去。住客就像天顶上的云团,像山像海,像狗像花儿,一眼看得新鲜,再一眨眼,早不知被刮到哪里。

可这男人,真是有点让人心疼啊!

听那意思,在老家,也是有里有面儿的人呢,风调雨顺,有车有店的,怎么就一门心思要来养白虾呢?风里雨里的,闷着头吃饭,闷着头喝水,闷着头睡觉,闷着头来去。家里也没个人来看看——

也许,这都是命吧。绿米想起几年前的夏夜,她和秀银在泥河边上的水塘里泡澡,秀银聊起男人老郑时说的话。

那时,她和秀银,多么贴适啊。

那时,云良还没有死,还整天在客栈里忙里忙外,前厅后院的活儿根本不用她沾一根手指。她啊,就有大块大块的时间要打发,就到公社谷仓找杜梨,听她讲像张不开嘴似的上海话,玩闹上一阵。到斜对面找秀银,脚抬过街去就到了,所以就找秀银找得多。

女人间的情谊,由生活褶缝里的细枝末节润滑腻合,在外人看不出风雨的喜怒哀乐里生发茁壮,不像男人间有那么多叫得响的由头,讲究个贴心安适。

夏天酷热,绿米和秀银各自拿了竹撑子坐在秀银家门口树下扯起的一块"帆布"下乘凉;寒冬一来,她俩又转到悦来客栈的玻璃门后头晒太阳。候鸟样地随着季节在街南街北转。

夏天时坐在门外头,秀银要守店,即使挨着坐,人来人往的,也喊喳得遮遮掩掩。冬天坐在悦来客栈的沙发上,除了偶尔住店的客人就少有人打搅,两个人就说得既热烈又恣意。女人间的话题,无论起着多么高尚和无辜的调子,说来说去无一不会扯到那些事上。

秀银先说的,秀银说老郑天天缠着她,腰都快断了,说得绿米很吃惊,问为什么腰都快断了。秀银就把夜里那些细到汗毛孔上的枝杈一股脑儿说给绿米听。

绿米说:"哎呀,还这样,和俺家云良不一样呢。"

绿米说到这里就再不肯往下说了,只说云良里里外外的活儿多,她不想——秀银不干了,秀银说绿米再这样和人吊膀子,她就再也不来了。绿米拿两根手指按在嘴唇上,看看四周,好像她家过厅里有好多人一样。

门外东北风吼得豪气,屋里一只通红的木炭火盆把两个人的脸映得烘烘亮,后院传来云良的口哨,是《喀秋莎》。

秀银说:"你快说嘛,不说我回去了。"

绿米搓了搓脸,凑在秀银耳朵上,告诉她云良那套揉面火候什么的话,而后嘱咐秀银让老郑轻拿轻放点,就不腰疼了。

秀银听得脸红心跳,捂着嘴说:"你们俩真不要脸。"

秀银而后又问绿米:"云良管着店,里里外外地不停下,手咋有那么细嫩?"

绿米说:"人家除揉面外,干别的粗活,都戴手套。"

秀银大惊,说:"呀,男人还有这样讲究的,娘娘歪歪,怪瘆人的。"

绿米就说:"喊,你这是不知道这里的好处,你要知道了,老郑不戴,你都要哭着闹着上吊的。"

说完两人捂着嘴,笑得上气不接下气。

一阵尖风吱吱地拧过窗沿,听后面喵呜一声,绿米指了指后门,咬了咬下嘴唇,说:"他来了,不信,过会儿你自己看。"

云良应声就推门进来了。

每天晚间,云良忙完一圈,就到前厅来坐坐,喝杯茶,有时候和房客们闲聊几句,有时候也会歪在沙发上小憩一下,有时候扒拉下账本,看看近段时日的收支。这时候,绿米就给他泡茶,多干净的杯子也要再洗一次,从罐子里捏一撮春末夏初采摘、洗净、晾干、剪成一指长短的罗布麻枝叶。

秀银见云良泡草枝叶,问是啥,云良告诉她是罗布麻。

绿米捏几根放在她手里,秀银细端详一番,说:"这不就是茶棵子?"

云良点点头:"是呢,书本上叫罗布麻,就是咱们镇后荒洼地里一片片的茶棵子。"

秀银咂了下嘴:"呀,真瞎讲究,还罗布麻。"

云良说:"罗布麻是一味药,只是少有人知道,青麻,也是一味药呢,还有萝藦、苍耳草、锁眉草,都是中药。"

绿米不等他说完,就抢着告诉秀银:"就是,苘波波、羊角铃、苍子棵、节节草。"

说完两个女人哈哈大笑。

但谁也没想到,二三十年后的 21 世纪,泥河人买了进口的精加工设备,罗布麻经过自动清洗消毒、低温脱水切段,成了降血脂、降血压、清痰、平喘的紧俏保健礼品。

云良告诉秀银,他爹生前就爱喝罗布麻,说有时候头晕胸闷的,喝上几天,就好啦。后来一个从安国过来收益母草和茵陈草的人告诉他,罗布麻,好着呢,强心肾、祛肝火、疏风解痛,还安眠,是个好东西。

那时候,泥河大街上的讲究人儿还没喝起日照绿茶、正山小种、单枞草、老班章,而是清一水地喝茉莉花,独云良他爹不喝。云良信他爹,他爹生前经常说:"哪里的人靠哪里的水土养哩,你见泥河南北东西,哪里能种一棵茶树?倒是罗布麻,房前屋后、沟沟坎坎长得欢实,红泱泱的细枝,秀密密的叶子,粉紫的花儿,和河南北满地打滚的娃娃一样皮实。"

云良说着,伸出一只手,轻轻地转着杯子。

秀银正啧啧地叹着说真讲究,忽地一眼落到眼前那只纤细白嫩的手上——

秀银就在绿米朝着她挤眼的须臾,倒吸了半口气,一时间竟忘了形,呆呆地盯起那只手来。

绿米想那时候自己可真傻啊,看秀银最后手忙脚乱地站起来离开,心里还得意得不行呢。

回到后院卧房,绿米迫不及待地和云良说起刚才与秀银的话。此时,云良正站在床边,脱白棉线针织马夹,绿米说完哧哧笑起来,云良却一伸胳膊,头又从两根带子中间钻出来。

云良说:"不好这样说。"

绿米见云良带了气,以为他气她不该将闺房之事说与外人听,就说:"好啦,好啦,以后不说啦,急赤白脸的,一个老爷儿们,还怕人家说两句？谁还喜欢听？"

她说完背过身去。

云良把她扳过来，跳进被窝说："不是这意思，你知道不知道，秀银是老郑买来的？"

绿米就吃了一大惊："你诓人吧，这年头，又不是旧社会，还有卖自家闺女的？"

云良说："你没心没肺，守着人家可别露出自己知道这个。"

绿米拉上灯，瑟缩着揪紧棉被，抱住云良的胳膊，问："多少钱买的？"

云良叹了口气，说："女人啊！"

绿米说："别女人男人的，这和我们的话有什么关系！"

云良沉默了一小会儿，说："你不该说我手。"

绿米说："说你手怎么啦？我又没诓她。你手就是细嘛。"

云良说："我也不是这层意思。"

绿米说："那你是哪层意思？快说，你是属长虫的吗？说个话还得一层一层扒皮？"

绿米知道了，老郑是小伙子时，迷上了驻扎在镇东南部队一个营长的老婆，差点因破坏军婚被枪毙。好在那有情有义的米脂女人，事发后一口咬定是她强迫了老郑，说老郑要不答应她就一枪崩了他。好事的人先那营长一步，在营长家床底下拖出一杆步枪。营长后来承认说是某次到河滩里打大雁，用完忘了交回去的。倒霉的营长一咬牙，找关系带着老婆调到了青海。老郑好些年,和木头人儿一样。赶年头够久了醒过来,三十大几的人了,又有劣迹,讨不到老婆,他娘掏完了所有家底,托媒人到下河找到了马秀银她爹。马家并不穷,但她爹看钱比看闺女亲得多,三媒六聘一样不稀罕,拿了钱,就让媒人把马秀银领到了镇上。

"哎呀,这,这——",绿米说,"这和手也没啥关系嘛。"

"哎呀,你脑子呢?算了,你不知道男人。"云良说。

绿米急了:"我不知道你就跟我说说嘛。"

其实,云良说的这些,平日时,绿米也都看见了,只是,没同别的连在一处。

仔细想了,绿米才咂摸出里面的意思。平时到鞋店,除了偶而抬抬头打个招呼,老郑好像只有一个姿势,就是低着头,磨着皮、绱着线、粘着底子、抹着胶——一天到晚都在做鞋,来了客人都是秀银在招呼,他一向懒得抬头。刚开始的时候绿米到他家店里还问候他一声,他看上去爱答不理的,时间久了,也就问候得少了,一般是两个女人拿眉眼一搭,小声嘀咕或干脆到客栈去。

老郑手艺好,人也实在,他做的鞋用料讲究手工细密,拿去穿了没有不喜欢、不合脚、不耐穿的。所以,他活就很多,活多就越来越累。做鞋这活,既费眼又费手,但不少赚钱,要细算起来,比云良和绿米的悦来客栈还要省心和实惠。

——可老郑那一双手啊。

——心里装的女人走了,本来喧嚷的泥河大街一下子空了吧。也许,老郑已经狠了几回心,要抹去几年前秋末冬初一场薄雪后米脂女人的虚影子。也许,他还试过酒精,一道灼热的液体由喉咙、食道到了胸腹,那女人齐齐刘海的圆脸不知从哪里就袅袅娜娜地闪出来,越喝越真,有时候在门里,有时候在门外,慢慢地长了个全须全尾,有时候,从门外的树下走进来,有时候,推开门回头朝他笑笑走出去。老郑伸出手来,抓一把,再抓一把,一把把把自己的心哪,抓得一条条的呀。

也许,老郑铁了心,余生要和楦子、锥子、锤子做情人,顶着满大街人眼里灼灼的嘲弄和质疑,宁愿身心被红尘的皮硝油膏粘胶腐蚀,被胶线勒来勒去——这痛,也成了不可或缺的吧?为什么要戴手套呢?这一切,难道不是他应该承受,或不愿意却没能力不承受的吗?

那经年累月洗不净的黑油和胶,那一道摞着一道的口子——

绿米恍然大悟后感觉很对不起秀银,甚至觉得自己闯了祸,于是不安起来,任凭云良一双巧手好长时间摆弄也活泛不起来。

云良说:"这些,还都是皮,老郑心里呀——"

云良拿手指在绿米胸口上轻轻地划了一道。

绿米恍然大悟。

"那你心里,有我吗?"

绿米问完自己先笑了,笑完又想了会儿说:"就没有别人?只有我?"

云良不说话,绿米就啪的一声拉开灯,坐起来趴在云良的身上:"你咋不说话？你心里有别人!"

一语成谶。

那年余下来的冬天,绿米在秀银面前都小心翼翼、察言观色,生怕哪天秀银会哭丧着脸对她抱怨老郑,抱怨老郑的手。可直到四五月间,春暖花开,秀银也没有在绿米面前抱怨什么,没有说老郑一个"不"字,也没有说什么或做什么表明他们夫妻间有了龃龉的话和事。

绿米稍稍松了口气,可终究是埋了块心病的。绿米能看出来,秀银有时候同她说着话,就不由得叹一口气。这口气轻轻地、细细地从她正在开合的嘴唇间飘出来,像秋天刮进街口的一小缕子薄风。

泥河滩的春脖子可短了,刚脱下毛衣,过不了几天,就要穿凉鞋和短衣短裤了。太阳也不讲理地炙起人来。这时候来泥河镇的人就多了,更多客人的饭需要做,更多的床单、被罩需要洗。天热了,各处的卫生也要搞好,不然,苍蝇、蚊子会循着味儿找过来,碰头打脸。这是云良最受不了的事儿。

绿米就不天天和秀银泡一起说闲话了,她要帮云良一把。她不知道为什么自己突然这样想。这样的念头让她腿脚发沉,让她心烦,让她时不时皱一下眉。她收拾着房间里的床单、枕套,扫着地上的碎屑,整理着放着住客乱七八糟甚至稀奇古怪玩意儿的桌面,突然想到如果云良有一天把她从心里拿出来或者从没把她放心里,那她现在看秀银的眼神儿总有一天秀银会还回来扎在她身上,她不由得打了个寒战。

进了伏天,绿米和秀银天天相约着去泥河边的水洼里洗澡。

夏天夜晚蚊子多,洗澡也要讲究时间。吃过饭六七点钟,正是起蚊子的时候,这个时候是断不能去的。她们这时换上拖鞋,将香皂、洗发水、梳子、换洗的衣裙放在脸盆里耗时辰。悦来客栈人多,大多又是些外来的男人,她们端着那些女人的小衣小件不得劲儿。所以,更多的时候是绿米端着衣物去大同鞋店坐一会儿等秀银。

这季节是老郑比较清闲的时候,也是老郑手上的油漆渐渐消逝,手上的口子慢慢愈合,茧子在汗液的浸滋下迅速变软变薄的时候,老郑整个人,也在潮润的夏季有了点温和的意思。吃过晚饭,老郑坐在冲着门的柜台后不动声色地点一支烟深深地吸一口,然后抬起头,双手交叠在膝盖上,夹着香烟的手压上空搭着的手,两只眼睛盯着门口。但细看时,又发现这两只眼珠是不聚焦的,目光根本不落在具体的某个地方,既像看在半道里就发散了开来,消失在某处,又像正望向很远很远,让人无从猜测的地方。

绿米故意悄悄问秀银老郑是不是有什么心事。

秀银说:"他就这样。"又说,"你还没见他做鞋的时候呢,叫他吃饭,有时候叫十来声都不搭腔。刚开始,我还以为他是在忙活,走到跟前细看,是拿着锥子伏在楦上出神儿,呆得跟块木头一样。"

绿米点着头,试探着说:"是累得吧,做鞋也是累活呢。"

秀银说:"什么呀!"

秀银说东行不知西行利,她没嫁到泥河来时,在娘家看机磨,以为磨面就很赚钱了。后来棉花价高,农民都种起棉花,没有人种麦子棒子了,磨坊不行了,她爹又开了家油盐店,原本不指望这个能赚多少钱,但一年下来,一细算,竟然净赚了六七千,比开磨坊还要好得多。

"我嫁过来——不瞒你说啊,俺娘家的油盐店比鞋店不知强过多少呢,我几次劝老郑,说定做鞋这块就别干了,白搭工夫力气,又赚不了多少,还这么糟蹋人——唉,说时嗯嗯啊啊,但总不见收山,横竖我是管不了啦。你是不知道做一双鞋要毁多少眼力和工夫,老郑又较真,一针一线不到心里,他就要重做一遍,不知道白糟蹋了多少针线和皮料。人来取鞋,总是要挑个毛病勒几块钱去,这也是情理之中的事儿,可他呢,就认了真,别人说什么他都哎哎地应着,像见了皇帝。不等人家开口他就抢在前头说再做一双——很少有人要重做的——老郑的活本来就细得没处挑了。可有那么个三两个挑刺拣骨头的,可不就要将人气得要死要活了?老郑呢,就像该着的。人家一走,将鞋举到鼻子前头,盯着人家闭着眼说的种种不是,看不够似的。我倒想,他这是在欣赏享受呢。他还自言自语,说,还是人家眼尖,自己白白叫了鞋匠。我就气他这个,不知道是人家横竖要说几句赖的,什么都信,不等别人开口就往自己身上揽。唉,他爱做就做去呗,有罪他受,我操心也是闲操心。我一开口,话还没出来,他就说他师傅说过,说人干什么,那都是命,所以,命里让你干什么你就得干好什么。真爱到心里去地干,才会有出头的日子。人想出头不是自己要出,命让你出才行。所以,你得服命,把命给你的活计也要爱到心里。你说,他这是什么道儿?什么叫服命爱命?他服了命爱了命了,做鞋做了近二十年,一天到晚趴在鞋上,快痴了!"

秀银说完,幽幽地叹了口气。绿米不知道该说什么,就随着叹了口气。

伤感,像夏夜里那轮又圆又大的月亮一样,清冷、孤寂、没着没落。

"你过来,我给你搓背,这边趴着,这边泥细着呢。"

绿米洗完头发,先上了河滩,招呼秀银。泥河滩上的泥细着呢,散发着白天太阳一层又一层洒下的余温。秀银在水里把长头发捞起来,盘卷在脑后趴在水边的地上。

"咱们也和电视里的那些外国人一样,洗个什么黑泥浴吧。"秀银乐呵呵说。

前一个单薄,后一个丰腴;前一个在心里艳羡后一个饱满、珠圆玉润,后一个眼馋前一个秀雅、娇俏玲珑。

绿米的手搭上秀银的身体。

"哎哟,痒、痒!"秀银低低地叫了一声。

"喊!拿着捏着的,想充黄花大闺女?跟没让人摸过似的。"绿米佯作不屑地说。

"不正经!"秀银说。

"你正经别断了腰啊!"绿米说,一改轻声细语,学着老郑闷声闷气地说,"来吧,美人儿,翻过来,让我再摸摸这边,啊哈哈哈,好软——"

秀银翻过身,说:"莫不是离开家这么一会儿,就想你家云良了吧?我们家老郑可没你家云良那一双好手。甭碎嘴子了,好好伺候我,伺候好了,我让俺家老郑给你勒双好鞋穿。"

一阵凉风,从水面上拢过来,绿米打了个寒战,说:"好冷啊!"

绿米后来想,人,是两个人呢,一个在浑水里,昏头涨脑地嬉笑怒骂,红尘滚滚;另一个,在岸上,冷眼旁观,啥都看得清白明了,却不常现身开口,只化成一阵冷风,吹得人头皮一震,后脑勺和背,成了空膛。

绿米出神儿了,秀银仰卧在河滩上,将双手枕在头后。月光如水,水光如银,月下水边,秀银在绿米眼中卧成胀鼓鼓、白亮亮的一片。

不知道谁喊着谁,后来,两个人又互相打趣着缩进水里,任吸足热量的泥河水温柔荡漾着,浸润和抚摸各自的头脸、脖颈、胸背、腰身。苦也罢累也罢,福也罢罪也罢,泥河边上的女人们就如这泥河水啊,流到世上来,流到泥河里来,丰枯清浊,都得一天天一夜夜地熬着过。

挣扎撕扯了一天的泥河镇,此刻也静下来,男男女女、花草虫鱼,都静下来,陷落进静谧的夏夜。

月华当空,她们相约着上了岸,各自收好自己的东西返回。

"走吧。"秀银说,"再不回,你家云良那手啊,要没处搁了,走慢了,只怕要搁在旁处。"

又一阵风来。

绿米一怔:"——唔,我为孩儿的时候,家里老人不让多说话呢,说,莫开口,莫开口,伸了舌头被人揪。"

"还是俺老郑老实,人家那手巧的,专爱拣那山不明水不显的地方——"

秀银越说越欢实。

"好困啊!"

绿米打了个哈欠,加快了脚步。

"瞧你这急的,出来这么一会儿,还能跑了不成?"

秀银咯咯地笑起来。

——真跑了。

谁能想到老郑在她们洗澡的时候消失了呢?

对,是消失。

秀银端着盆敲门,三敲两敲不开,就掏钥匙开了门到屋里。她将盆放地上,摸进里屋。

身体上的水早被吹干了,秀银到里屋角的木挂上抽了条毛巾擦头发,擦完头发扶着墙绕过三抽桌摸着床头后倚了上去,转个身,感觉床另一边冷清清的,一摸,没人。叫声老郑,没人应,又叫了声,再叫一声。

秀银起来拉亮了灯,卧房收拾得整整齐齐,床单平展展的,除她压过的地方,连个细褶儿都没有。床对面平日里鸡零狗碎的小物件摆得整整齐齐。打开卧房一侧灶间的灯,锅碗瓢盆擦得锃亮。秀银退出来到了店面,柜台和货架收拾得比往日都整洁,柜台后面平日老郑的工作区,那些鞋楦、下脚料、缝鞋机,阅兵样地在她面前整齐陈列。墙上,华侨姑娘周筠像往常一样笑得甜蜜。

秀银到卧室打开衣橱——老郑的衣物一件挨着一件,一丝不乱。

但人呢?

这时候,云良正跪在床上给绿米擦头发。

绿米说:"哎,你还记得不?秀银刚来时,瘦得跟搓衣板似的,现在,天哪,衣裳都兜不住,快撑出来啦!"

绿米说着拿手在自己身上比画着:"可见哪,再老实的男人都是装出来的,暗地里,不知有多轻贱——哎哟,你轻点!"

"是呢。"

云良把毛巾挂到床头的木挂上,板起脸说:"真是看不出来呀,老郑那么老实的人,真是,怎么就这么轻贱?轻贱就自己轻贱吧,还非要在老婆身上轻贱,藏好了掖好了也行啊,又兜不住,看得人睁不开眼,老郑这样的人,实在可恶!"

"谁说不是——"绿米刚附和了半句,转念一想,转身敲了云良一拳,"你才可恶!"

"是呢,我怎么这么可恶?过来,给你赔个不是吧。"

云良刚把绿米揽进怀里,就听到秀银敲门了。

4

"怎么又回来了?"

云良以为敲门的是海,在绿米回来之前,海来找他喝酒,他得忙店里的事,就拌了两个小菜,让海独喝,忙利落了,才勉强喝了两盅,赶紧把罗布麻茶泡起来。

也只有海,才能让云良端起酒杯来。他们一个细,一个糙;一个白,一个黑;一个弱,一个壮;一个高,一个矮——怎么瞅怎么像往相反里长的,却是最说得着的发小,住得也近,隔着一座小石桥。

悦来客栈在泥河镇西首,比之更西的,就是一座小石桥了。

桥是经了些年岁的石拱桥,一色的青石,桥身两侧都是清晰细致的万字花纹，两端的桥头柱上是蟠龙纹，中间两边各十二根桥栏上分别刻着十二生肖图像，惟妙惟肖。小而精致的桥，也像乡里、村里大多数桥一样，无名无姓，一年四季喑哑地卧着。只有泥河里水满时它才活泼一些，水自桥南来，两边的溢流孔分泄出些水来，哗哗地蹿到北边，人们站在桥上，看水，也看桥。有了水，桥才是桥，桥上那些花纹故事才真切了，活泛起来。但那年月，黄河里发大水的时候很少，大水经麻家湾再流出来使泥河水满的时候也很少，所以，绝大多数时候这座桥就干巴巴、孤零零地整年卧着，以至于，人们忘了它是桥，走在上面时感觉它也不过是略高出路面的一段石板路了。

桥的西南角，像小镇这条大鱼吐出的泡泡的地方，是海的单位，面粉厂。

客栈虽不是人来客往，但总比别的店铺需要的面粉多，云良隔个十天半月，就去海在的面粉厂推面粉。云良细弱，也爱惜力气，推着满载的车子回来时都要在小石桥栏上坐坐，有时候抽一支烟，有时候压压烟瘾回家再抽。后者是他一个人的时候，前者呢，是海送他过来的时候。

云良去推面，用的是一台独轮铁架的小推车。二十五公斤一袋的面粉放三袋，推起来是轻松的，这时候，云良就一个人推着，轻快快地走，走过石桥时放一放车子，在桥栏上倚倚，不过半盏茶的工夫，就推起回家了——从家离桥，也就三五百米；如果放五袋，云良就推得吃力些，这时候，海就拉着车架前拴在两端的一条胶丝绳送他过来,走到石桥上,两个人放下车子,各点一支烟,抽着,闲话。

云良爱说,嘴皮子也利落。海嘴唇厚,少言语,就听云良说。

早些年,在云良的爹经营着悦来客栈时,海的爹在东侧经营纸草香烛店,那年月人们虔诚,海的爹就凭着痴男信女们的虔诚赚点糊口的零钱碎毛。云良的爹很为海家的纸草香烛店头疼,因为他家客栈是招揽活人的生意,而海家的店呢,门口整日摆一些纸马纸人的,让云良他爹觉得很不吉利。几次拉起呱来话里话外劝他改行,可海的爹是海的爹,厚嘴唇,高眉梁,犟得跟头驴一样,结果也可想而知。这样,说来说去话越来越少,最后隔着墙两家大人却很少往来了。可云良和海投缘,虽然一个像巧嘴的八哥,一个像没嘴的葫芦。他们俩上学,三两册书和本子撂一个书包里,今天你背,明天我背,一背背到十好几岁。下了学没事干,云良接了他爹的班经营悦来客栈,但海打死也不干纸草的买卖。后来遇上面粉厂招工,海就去了。海一走,他爹就看轻了这讨人怨又惨淡的生意,索性不干了,到蜈蚣腿般的巷子里找了两间房子一藏,打定主意过起了神仙日子。

不是每次云良去推面海都能帮忙的,因为海是工人,不常在门面上露面,只有活少闲时才来前边逛逛。那时候云良已经娶了绿米几年,海呢,还是光棍一条。云良就坐在桥栏上撺掇,海要是瞅上哪家闺女,早娶了亲把自己日子过起来。

有一回,海木讷地趴在桥栏上抽着烟,看着干裂了的沟底说:

"娶,先得看上个人。"

灵通的云良看不透木讷的海了,依着云良的心思,这个光屁股长大的幼年玩伴好像不应该是个这样执拗、甚至带着些孤傲的人。

"泥河镇这么多大闺女,不够你娶的?"云良就替他转不过这个弯儿来。

"娶是够娶的,可娶来,能干啥呢?"海扔掉烟头看着云良。海把云良说笑了。

云良说:"日子总要像模像样过一回。再说,你没娶人,不知道有女人的好处。你娶了就知道能干啥了,管保你不后悔。你对布店里那个——就没了半点心思了?"

海用可疑的眼光盯了两眼云良说话时兴奋的脸,转身拉起车前的绳索说:"你不懂,走吧。"

到了客栈,海和云良卸下面来,洗洗手到过厅里坐一会儿。绿米就赶眼神儿地过来倒杯茶。云良常常指着端着茶杯的绿米对海说:"瞧见了吗?这可不就是娶了女人的好处?"

海并不看绿米,也不接杯,只低头闷声不响。

海起身走时,云良总是让绿米拿几只布鸡给海带上,说:"你吃吃看,今天这几个,是谁做的?"

那个时候,绿米烤的布鸡还没有像后来那么好吃,掰开看时还有豆大的气泡子,红豆沙馅有时候干了、散了,有时候又黏得腻人。有次海告诉云良,说前天拿的那几个布鸡,熟得不透——噢,海用的词不是"不熟",不是"生",也不是"熟得不透"。

海对着云良说:"那几个布鸡,生死个人!"

云良看着海别着脖子的劲头笑了,说:"生就生吧,还生死个人,不就是个生布鸡吗?你这身板,吃上几百只,也生不死。"又说:"你也不知道遮掩遮掩,人家使出吃奶的劲儿做的呢,讨好你不着,还就把你生死了。"

云良说着斜着眼看新妇绿米,海听云良这样说,脸腾地红了。

海走后,绿米对云良说:"你以后别再拿他开玩笑,你瞧,他脸红得跟块红布一样。"

云良看看绿米,说:"红了吗?我咋没看见?"

不久前,海站在桥栏上望着远处对云良说:"没劲,没劲透了,闷死个人。你说咱们是不是今辈子就走不出泥河了,死了、烂了还是要窝在这块黄泥地上?"

一时,竟把云良说愣了,云良从没觉出过在泥河能"闷死个人"。他,白天有条不紊地打理着店面,夜里睡觉,搂着个温软得跟面团一样的媳妇,日子可不就是该这样过的吗?

云良答不上话来,只看着远处,远处哪个孩子没牵住的一只风筝,在飘飘摇摇地往远天上飞。

海低着头,趴在桥栏上,不说话。

海趴着的石柱,刻的是一只奔腾的骏马,在里面看是昂起的马头,飞扬的马鬃和高高腾起的前腿;朝外趴在桥栏上看呢,才看见两只后腿、尾巴和屁股。不细看不知道,这样趴下看了,会一眼就看出来这前后的区别。前边纹路细致,雕刻得实实在在,每一根鬃毛似乎都是清楚的,一只马头,昂得扬眉吐气。后边就粗糙多了,也没了马头上精神气儿的衬托,整个后面显得僵硬干瘪,一副没精打采的样子。

云良那一刻想,也许,这个发小,我是从来就不认识他呢。

"这里不好,能到哪里?哪里待长了,不是这里?"

他们不知道,三天后,毛北京踏过石桥,离开了泥河镇。

那天,毛北京背着一只牛仔布的旅行包,穿着时兴的旅游鞋,边往西走边朝两边的店铺打着招呼。见人就说,他要走了,他要到市里去,也许,还要到省城呢。一天天窝在泥河镇,闷也要闷死了。

毛北京一径往西走,走到了石桥又转了回来,转回来后走进了悦来客栈。

云良那时正在后面烤布鸡,并没有看见他。绿米正坐在沙发上对着太阳抠指甲。毛北京推开门站在门口,把入了神的绿米吓了一跳。绿米看清了是毛北京,说:"是北京啊,你这是要干啥去?"

毛北京进来坐在柜台前的一把木头椅子上,抽出一根烟点上,告诉绿米:"我要到外面去。"

看绿米不解,毛北京说:"你还记得大上个月来你们家店住的胡经理吗?"

绿米想了想,说:"记得,是有这么个人。"

毛北京告诉绿米,说胡经理给他留了名片,毛北京说着从口袋里掏出名片一扬："胡经理说我随时可以去找他,你别忘了,是随时啊。前几天我还不想去,现在我想通了,胡经理说过,人是过客,是过客哩。既然是过客,我就得多过几个地方,光过泥河镇这么条小街,那就太实心眼了。"

绿米问这个胡经理是干啥的,毛北京说："是香港一家大公司在内地的代理商。"

绿米问什么公司,毛北京说："我也没听清楚,反正啊,总公司在美国哩。你等着吧,我现在揣上六千块钱去找他。"毛北京对绿米信誓旦旦地说,"到明年这时候再回来,这钱就成了六十万、七十万啦。六十万哪,你想过没有?一车子都推不过来。算了,我不跟你说了,我要走了。"

绿米说："我看那姓胡的,不像老实人,你得小心!"

毛北京一面拉开门一面说："喊,你是看他能说会道才这样想的吧?人家是做推销哩,国际大品牌,人家的口才,那是专门培训过的——在香港培训的哩,咱泥河,喊,才多大地方,人家看不上。"

绿米到后面给他拿上几只布鸡,毛北京摆着手说："不吃不吃,我坐上车转眼就到,兜里有钱哩,啥好吃的买不到?"

夜里,绿米将毛北京的话说给云良,绿米说完,云良浑身一松,从她身上滚了下来。

——这里不好,能到哪里?哪里待长了,不是这里?

过后,云良想起这句话,感觉其实他自己也不太明白,不知道海是怎么想的。

但接下来的日子里,云良突然就感觉出了闷。有一次,云良将一炉布鸡置进炉膛里,放上柴,坐在廊下的椅子上看天。

天四四方方,蓝得透,云干干净净,悠悠地动,三五只燕子,剪过又回来。云良想起了海的话,突然胸口闷起来。云良想,这一辈子,就在这块床单大的天底下活了吗?

老郑出去的那天晚上,云良忙完和海碰杯,说:"你那天说的,有点道理。"

海一口干了酒,抬起头说:"有什么道理?随口说的,你说的,才是真理。"

真理,海说。"真理",云良从来没有想过"真理"的问题,尽管上学时口号里常带着这两个字。云良感觉更看不懂海了,这个闷嘴葫芦里,装着太多他没有想到的东西。

两个发小,就这样轻而易举地,站到了对方的立场上去。

那天,海走出门去,说:"我,是得好好琢磨下了,该——"

海的话没说完。

听到敲门声,云良就想一定是海,海一定是想把没说完的那半句话说给自己听。

谁想到是秀银呢?

秀银哭着扑了进来,发梢上滴着水,空身罩的一件水落落的浅色人造棉睡裙透露的隐秘一下子把云良镇住了。云良从来没感受到女人会这么凶猛,要不是绿米及时跟出来,他真不知道自己会干出什么。

5

"老郑走了!"

秀银靠在云良的一只胳膊上说。

绿米后来想,凭一间比平时齐整的屋子,那么短的工夫,判断人走了,是不是太仓促潦草了些?是不是那一刻老郑的出走还只是秀银心眼里盼着的结果?绿米无数次想起她推门进到前厅时看到的一幕:秀银倚在云良怀里,头枕在他肩头,云良则一只胳膊曲起来架着她,一只胳膊向后伸着,撑在门后的墙上……

是突然而至的悲痛给了秀银这样做的勇气?还是两个人,早心照不宣,神会已久?

绿米说不上来,她想,人都走了这些年了,想这些又有什么用呢？但是，为什么又时时想起来，想弄个清楚？

郑大同呢？

会不会是得到了一星半点那米脂女人的消息？或者，毛北京的离开，给了他启示和勇气？这又是一桩无头官司。老郑不像云良和海，常凑在一起嘀咕。多年前那场虚惊，早让他和其他所有的泥河人保持了距离吧？虽然，后来街上的人对他看法有所改变，但老郑偶尔出门办事走在街上，与邻舍走个撞面，也忙不迭地低下头去。

街面上的人对老郑看法改变，缘于贾十月的一首长诗。

泥河是个神奇的地方：一条阔而直的大街，从西边胶厂旁边的泥河中学开始，到东首奶牛场前的断头柏油路止，街两边有商户、学校、电影院、镇医院、新华书店、农户、镇政府各部门、黄海农场场部和子弟学校、某师师部和驻地、农场医院，对，医院和奶牛场之间，还有一大片农田。断头路往北的土路走一阵，连绵一片的，是军马场。在别处，很少见到这样的小镇，一个巴掌大的地方，容纳这么多不相干的部门和看起来多么不同的人群。这些人，经常互相攻击，也经常聚在街上，下棋、玩闹、扯大旗，或者什么也不干，只是一早一晚在街边站站，吸个烟，咳嗽两声，互相之间或友好或烦气地瞅一眼。

那年月，最热闹的，除了开学季，除了露天电影，除了群殴，就是泥河诗会。

那时候，孙少红还没来挖虾池，还没下那场大雨，虾池还没有被冲刷成"古城遗址",诗会还在农场中学礼堂、操场、街边纽乐芙照相馆前和新华书店前的空地上举行。

那次,是在照相馆前,贾十月当街朗诵他的长诗《大同兄弟》。尽管大家都知道郑大同的名字是大同,但谁也没想到诗中的大同就是他,有点子墨水的人以为是取"天下大同"的典故。一般人一开始也没想到郑大同头上去,因为,贾十月和郑大同并不熟络,甚至算不上认识,没有一个人见他们私下里说过话或打过招呼。

贾十月站在一小块并不太高的榆木台子上,身后是农场中学美术老师燕非难的三幅一人多高的油画。后来,人们议论半年,才基本明确,第一幅向日葵丛中卧着的赤身裸体的人是那个米脂女人;第二幅一支木托斑驳的长枪陷在一片枯萎的野菊花丛中是对那个营长的隐喻;第三幅谁也没看懂,上面密密麻麻地贴满鼻子、嘴唇、糖果、烟斗、汽车轮子、匕首、狼头、玫瑰花、山峰、花瓶、钢盔、手枪、红手套的图片,还有让人眼花缭乱的线条和毫无规则的色块。每一个人都对着画说,这是画了些什么呢?但回过头来,又都感觉自己和这画有关系,感觉这条街和这画有关系。

当然,这都是后话了,当时谁也没想那么多,就感觉贾十月站在画着裸身子女人的画前念诗,那么——怎么说呢?不正经,但又感觉好像应该就是这样。

……

我的兄弟呀

你的土地

青草开始发芽

你的天空

鹰开始了翱翔

你心里望不到头的泥河水呀

冰雪消融

泛出细碎的浪花

我的兄弟呀

你胸腹中那只白鸽子

正在破壳而出

……

贾十月读到这里长时间地沉默。

白日焚为长夜

热血凝成寒冰

新生即为死亡

我的大同兄弟

我的苦难的兄弟呀!

有人说,当时,他听到耳边有啜泣声,转身看到郑大同正扒拉开人群,往外走。他突然意识到,大同? 大同! 咦! 大同呀!

贾十月朗诵完，又是长时间地沉默，人们终于明白这次是真的完成之后才掌声雷动，贾十月弯下腰，深深地鞠了一躬。

那次诗会后，泥河大街上，突然新出现了一大批诗人。人们再看长头发喇叭裤的贾十月，也不太像个流氓啊。

老郑，这一次，以一首长诗的形式让人们热议好一阵，一张因差点被判枪决而面目阴沉的脸开始有了活人的热乎气儿。

他又有了秀银这个小他十几岁又像个熟透的甜瓜一样的女人，谁会想到，这个时候，老郑会离开家，离开泥河，消失了呢？

也许，这都是命吧。

就像谁会想到，孙少红的老婆，会突然来到泥河呢？

悦来客栈极少接待女客。

所以，孙少红的老婆推门进来时，绿米还以为是哪个出来买东西的女人慌乱中走错了门。

已入夜，阴沉无风，绿米里里外外收拾完，斜倚住前厅的沙发背闭上眼养神。孙少红的老婆忽地推开门，行风带雨地闯进来。

"人呢？老板呢？人呢？出来！"

绿米惊得睁开眼，来者五短身材，灯影里两道剑眉很醒目，方圆的脸，薄嘴唇，操着外地口音。

"你？"

绿米想说，你走错门了吧。

来者这才好像突然看到面前还有个人一样停住脚。

"开房，对，开房！快一点！"

来者径直走到沙发跟前,鼻尖几乎要碰到站起来的绿米脸上。

绿米在她不停的催促中取了钥匙,打开与孙少红隔着两个房间的门。

"哎哟,猪窝一样,这怎么住?"

来者话一出口,绿米突然意识到,这个人,不是来住店的,是有别的事。绿米已不是新妇绿米,她飞快地转动着一个特属于客栈老板的脑子,迅速通过口音把这个女人和孙少红联系到一起。

女人一边咒骂着天气、房间、来路上的司机,一边将皮包扔在墙角的小桌上,回头对绿米说:"孙少红呢?把他给我叫来!"

"还没回来吧。"绿米说。

"是在工地上吗?给我叫回来!"女人一屁股坐在床沿上。

"真是对不住,我是开客栈的,不跑腿。"绿米转头就走。

"开客栈的?哼,那,去给我拎壶热水来!"女人咣一声在绿米身后摔上门。

闷雨的天,夜越深越不透一丝风,绿米连气带闷,越发睡不着,就到前厅坐着透气。真不是个好日子,绿米没好气地撕下一张日历纸后将日历牌挂回墙上,手也没处放脚也没处落。她突然想起柜台下那罐罗布麻茶,云良走后,她一直没动过,不知道还是不是当初的味道。

黑陶罐,绿米捏着包住罐盖结成花纽的细麻布纽拽出盖,放在鼻子底下嗅,是股清苦味儿。绿米想,原来云良在时,她从没想过要捏一撮投在杯子里呢。拿到灯下看,尚有半罐,绿米抓住罐底,倒在手心里一些,浅灰褐的细秆窄叶,未霉未软,也没碎。绿米到后院灶间提出一壶开水,在柜台里取出当年云良和海都用过的那只细瓷杯子,热水烫了,将罗布麻秆叶投进去,一冲,俄顷,一缕一缕的浅涩飘出来。绿米搓了下脸,想云良了,想海了。

  长天上过雁一行行

  人想起人来夜好长

  夜好个长呀喂

  河滩里飘雪飞扬扬

  奴离开家院心忧伤

  心忧成个伤呀喂

  ……

前厅茶凉了,后院调声飘起。

长身长尾巴的花猫,从水缸跳上墙头,从墙头跳上屋顶,在脊瓦上从西踱到东,从东踱到西,喵呜喵呜叹着,像在伤心黑漆漆的屋顶上浮不出它的影子。

暴雨就要来啦!

花猫仰头,西北向的夜空里突然闪了一下,遥远的天地间撩开一角,紧接着,天地又陷入黑寂。花猫嗅得出,地平线那边,夜雨已泼向大地。它伸开腰身,在脊瓦上翻滚了几下,滑到檐边,滑落到墙头上,沿着水缸壁滑下地面,从木门的圆孔钻进杂物间。

暴雨就要来啦!

调声啊,溪水一样,孙少红在黏稠的夏夜里郁郁西行,蹚踏着尘灰,推拥着夜雾,如梦游的一叶扁舟,由着调声的潮水,起起落落。

他的池子,土方工程已经完成了,石匠们大约明天上午就聚齐,再过个半月二十天的,就全部完工了,他这样想着,心里腿上,不由得轻快了,再听那调儿呀,不那么悲凉了,在他走到镇政府门口时,调儿戛然而止。他顿了一下,紧接着,踢踏踢踏地过了大波音像店,过了黄鱼店,过了太平洋网具店,走进悦来客栈门口浅淡的光影里,团团蚊蚋,刚将他裹起,一阵疾风,呼一下把它们抡散了。

头顶上,砸下第一声闷雷。

这时候,绿米和他老婆,已经坐在前厅说了一会儿话。

大约,这涟水来的女人也睡不着吧,不知是因闷热,还是绿米的小调儿,把她拽到了前厅里。绿米坐在后院,倚着廊下的树,看到厅道里的人影儿,站起来进到前厅,问她有什么需要。

"这鬼天气,听预报了没有?是不是有大雨?"

孙少红的老婆在沙发上坐下来,上上下下打量了绿米一番后问。

绿米挤出一丝笑,朝她点点头:"就要过来了吧。"

"你怎么还不睡?也是在等人吗?"孙少红的老婆语调里重

新涨满敌意。

"天太闷了,睡不着,出来透透气。大姐你呢？赶了一天路,累得睡不着了吧？"绿米说着也在沙发上坐下。

悦来客栈虽小,住客也是南来北往,形形色色,但从前那些,大多是男人,自从海离开后,绿米就很少在夜晚与客人搭话。一个没了男人的女人,来的又是些着三不着两的男人,没话他们还找话呢,自己还要上赶着找不利落不成？白天但凡能少说的话也还省了呢,莫说是夜里。再说男人们头脸厚实,面对的又是她这样一个有些风韵姿色的女人,心情不好了拉个脸戗个茬的倒也少有人恼。

因此,绿米从来没这么迁就谨慎过。

悦来客栈接待女客,在绿米,还是头一回。这女客看上去又是这样与众不同,模样做派与泥河镇上哪一个女人也没有相似的地方,这样的客人,让绿米有点忐忑。但理不欠心不亏,又在自己家里,我收钱你住店,两厢情愿,也没啥可怵的。

孙少红老婆的眼珠子骨碌碌在前厅寻了一圈,角角落落地察看,对着老旧的柜台、沙发、隔墙和过道里老式的铜角八仙桌嘴里啧啧有声："哎哟,这都什么年头了,还有这样的东西？可真是——没见你男人哪？"

话音一转,有了机锋。

说完,她斜眼紧轧着绿米的脸,样子像生怕她一眨眼,绿米就会变了脸一样。

"男人?没男人,都撇了我,走啦!"绿米说。

"都?"孙少红的老婆机警地抓住了这个字,"你有几个男人?"

绿米叹了口气,说:"两个,前一个死啦,后一个走了,都撇了我不管了,我命不济。"

"哎哟——"

女人一句话没出口,门外街面上蓝光一闪,轰隆隆的雷声滚过来,门扇晃动了。

绿米站起来:"风要来了,可闷死了。"

绿米刚要拉门,手还未碰到把手,一阵急促的雨前风裹挟着孙少红刮了进来,绿米后退不迭,趔趄着跌在沙发上。

孙少红躲进过厅,刚转身关好门,硬币大的雨点子拍得门啪啪响。孙少红跺跺脚,拨拉完头发又抖衣裳。

一只枯叶螳螂,趴在他后衣领上。

"别动!"

绿米喊着,伸手捏住螳螂的细腰。孙少红举着一只手停住。刺啦一声,螳螂被扯下来掷往地上,但三下两下没成功,那虫子扭身拿两只前刀夹住了绿米的手指。

"呀!"

绿米惊叫了一声。

"我来!"

孙少红已然看明白发生了什么,说着伸出手去。

"行啦!"

孙少红手又停住了。

他没有立即朝声音的来向转过头去,而是慢慢地、慢慢地将伸向绿米的手收回来,一边将落在绿米指尖上的目光拉到柜台后。

"你来了?"孙少红说。

不知什么时候,孙少红的老婆从灯下的沙发上来到了柜台后的阴影里,一声怒吼过后,她昂着头,从阴影里走出来,像电影里潜伏在暗处的特警擒敌前一瞬间一样闪亮登场。

"不来能看到好戏?白虾白虾,我当什么样的白虾把你迷成这样!"孙少红的老婆吼完在绿米面前啐了一口,拽着孙少红回了房间。

绿米低下头,那只枯叶螳螂已攀到了她上臂,她虎口处一道红线,正在渗着血滴。

乒乒乓乓咚咚,房间里响起女人的叫骂声,绿米转到柜台里面拿抹布把螳螂捏下来扔进垃圾桶里,当啷一声——绿米听出来,是玻璃碎了。

"半夜三更的,还让不让人费(睡)觉啦?"前天来的操鲁西南口音的住客站到过道上喊,"俺说,消停消停,出门在外都不用(容)易,天亮还要捣货哩,啥大事哎,不会明天再佛(说)!"鲁西南人,气鼓鼓的。

其他两个被惊醒的住客也都聚到前厅里,嚷嚷着叫绿米去制止。

绿米正犹豫着要不要去,孙少红两只胳膊护着头,往这边跑。上身的灰条衬衣已经被撕得七零八落,露出右边的肩膀和大半个后背。孙少红边躲边喊:"你疯了吗?你疯了吗?!"

他老婆紧跟在后面跑出来,蓬头散发,见过厅里的人,似乎一惊怔,但紧接着跑到门边抓住孙少红胳膊。

孙少红顾不得体面,紧紧地护着头说:"你不想想,我要有什么,还会写信告诉你住处让你来吗?"

他老婆扬手照他头上一巴掌:"你让我来是为了看你们的好事!"说着她伸手又是一记耳光。

绿米后来想,如果这时候他们坐着不动,或者各回各屋,也许一切就不会发生了。孙少红老婆已经累得开始喘粗气。绿米往门边一瞥,突然看到门玻璃上贴着几张人脸,雨道子打在上面,把外面的人脸打成一条条的。她知道是邻舍们过来了,她突然有了底气。

"你胡说什么!"

绿米喊了一声,转身去开门。她还没触到门闩,就被揪倒了,不等房客们反应过来,孙少红的老婆一把把她按在地上,骑跨上去,左右开弓,捆她的脸,邻舍们在门外淋着雨,眼睁睁看着她被撕扯开衣裳,袒露出白皙的胸脯、肚腹——

暴风骤雨,电闪雷震。

整个泥河大街都摇晃起来,孙少红和鲁西南住客把孙少红的老婆拉开,绿米从地上爬起来拉开门一头撞进风雨里。

绿米想,那一夜的事,是她必须要承受的,自从海离开后,她早已置身于命运的乌云里,这风什么时候来,雨什么时候下,她说了不算,却是迟早要受一遭的。

绿米叫喊着在雨里横冲直撞,分不清东西南北,深一脚浅一脚,高一块低一块,哭啊叫啊跑啊,暴雨把夜撞碎了,迸裂在她的头上脸上胸背上,她张开双臂,迎上去——

扑腾扑腾,不知什么时候,水已漫过脚踝,已漫过膝盖,已漫过腰际,她跑不动了,就地躺下来,好轻快呀,好轻快呀。她漂了起来,她张大嘴,大口大口地灌着水,这雨夜呀,节日般的雨夜,这水呀,激荡的水呀,把我带走吧,她闭上眼,顺流而下——

两只胳臂,从风雨里伸出来,把她拦腰抱起。

借着闪电,她看清了,是秀银。

6

"我欠你一命,要还给你。"

第二天清晨,秀银坐在她床头,喃喃地说。

"还不如让我死了——"

急雨后的客栈后院并不见清凉透气,卧房里潮湿憋闷,绿米推开秀银递给她的米粥。

"说什么生啊死的,你还有梅。"

秀银的话,说到了紧要处,绿米闭上眼,眼角沁出两大滴泪。

是,她还有梅,云良的女儿,无论她曾经有多么怨他恨他,梅毕竟生着和他一样的眼、一样的额头和耳朵,连走路的样子、说话时的神情,都是一个模子里刻出来的,她除了梅,还有什么呢?

海,也会像老郑一样,突然在一场大雪后回来吗?

老郑是在出走三年半后回来的。那时候,泥河镇刚落了入冬后的第一场雪。

就是泥河镇想象力最丰富、最爱捕风捉影的人也没有想到有一天老郑会回来。

人是最擅遗忘的动物。三年半的时间虽不足够漫长,可老郑太不擅言语了,走的时候又是那样静悄悄的,没有一丝声息。除了穿着他做的鞋的人极少数的时候注意到脚上的鞋时感叹一句"可惜,多好的手艺",就鲜有人提起了。就是那感叹的人的感叹里,多少也带着些"老郑这个人从此就这样消失了,再也穿不着他做的鞋"的丁点儿可惜罢了。

连秀银都没想过,有一天,老郑会回来。

老郑的归来同他的离去一模一样:没有任何先兆,一切都悄无声息。只是,他走的时候是在夜里,回来时却是白天。

正午,在刺眼的雪光下,远处的一个小黑点,慢慢地生出头部、四肢、五官和表情——归来的老郑,像是从泥河镇西街口对着的苍茫的虚空里一点点长出来的,直到走到大同鞋店门口,才长成了个面带忧郁的中年汉子。

泥河镇雪地上被他新踩了一串脚印,孤零零的,寥落而神秘地一直通向看不到头的天边。

老郑迈着方步,衬着银白的背景,口鼻中有节律地呼出一股股白气。

一切又都像有预谋的。

甚至在走过小石桥时,他都没有停下脚步看一眼,或者在走进街口时向两边的店铺左顾右盼,看上去,他就好像吃完饭到桥西遛了个弯。

晚起的人们刚吃过早饭没一会儿,这时候都弯着腰,撅着屁股,奋力把门口的冰雪堆向街边,谁也没有特别注意正走向大同鞋店的老郑。

只有鞋店的东邻、新生百货的店主赵洪发在直腰的间隙无意间瞅了他一眼,心想,咦,这人好眼熟,这念头只一闪,当弯下腰将铁锹再次铲进雪里,他其实已经忘了刚才自己在想什么了。

老郑就这样走进三年多前被他抛弃的自家的鞋店,他推开门,习惯性地在门口台阶上刮了几下脚底粘带的泥雪,进门将手套摘下来放在柜台上,径直向前穿过柜台与对面货柜之间的通道,不顾站在柜台后的云良习惯性地问他要什么,也无视云良旁边正坐在椅子上捧着一碗冒热气的米粥喝着的秀银的惊悸的脸,径直走进后面的卧房里。

他在门口换了拖鞋,脱下棉衣挂上衣架,坐在床边脱光衣服,然后掀开尚存着云良和秀银的余温的被子,腿一抬钻了进去,不一会儿,还在柜台后面面相觑的云良和秀银听到卧房里传出来深沉浑厚的鼾声。

云良看看秀银,秀银看看云良又看看手里捧着的米粥,被突如其来的一切弄蒙了。

彼时，站在云良的位置向大街斜对面看去，会看到海弯着腰，在悦来客栈门口铲雪。一会儿，门打开了，绿米披散着头发，端着脸盆走到街边一扬胳膊，半盆洗脸水泼成了一道倾斜的弧，热气飘散开来，海和绿米在热气里恍恍惚惚。

绿米跟了海半年之后发了福，腰身浑圆起来，出来进去扭着腰胯，一副安身乐命的成熟女人神态。

云良看见绿米泼完水，站在门口朝这边飞快地瞟了一眼又退回屋里。外面，海还在铲雪，海铲得很认真，弯腰铲上一气，回头抄起扫帚扫了，然后又拿起铁锨铲一气，这样几次之后，海站直了腰，脱了棉衣往门扶手上挂，一次没挂住掉到地上了，海捡起来又挂了一次，又没挂住，绿米在里面拉开门，弯腰捡起海的棉衣，对着海说了句什么话后退了回去。海卷了卷袖子站到街边，拿出烟点了放在嘴上。

自从搬来悦来客栈，海的眉眼神色一天天舒展开来，泥河镇上的人们才突然明白，原来，男人和女人一样，也是从花苞渐渐绽放起来的，像海，皱巴木讷的一张脸竟然也能如此鲜亮。海如了意，绿米渐渐地也认了命，日子似乎过得也一天比一天融洽了。

只是，云良和海已经很少说话了，刚开始，偶尔在街上对了面，只是很不自然地笑一笑，后来好了些，可也不过是强忍着尴尬，问句"吃了吗"一类的白话。两家又斜对着门，出来进去，说不出的别扭。有几次，云良同秀银商量把房子盘出去，到南边下河镇上再开起来，秀银以习惯了看门前的几棵苦楝子树为由死活不愿意。云良就开导她:"什么习惯不习惯,你才来泥河几天呢?我们到那边去,日子一长,还怕不习惯?"

可秀银想了再想,还是没有点头。

云良私底下,也疑心过秀银的这个不愿意,是不是还存着等老郑回来的念想。

可是,怎么会呢?云良转念又想,云良想起了秀银每夜在他怀里的沉醉娇痴。自从第一次在大同鞋店里偷腥,他们对对方的渴望与激情就像洪水一样肆意咆哮,吞天噬地。所以,云良坚信秀银没有老郑还会回来的心思。

云良想起自己刚娶了绿米时,也算融洽。可他呢,突然有一天,开始向往远方,向往泥河镇以外的所有地方,那些未知的一切是那么吸引他。老郑离开,毛北京离开,他感觉,他们把他的一颗心带走了。他们是有志气和有福的人,想必去处是花红柳绿、五彩缤纷,尽管云良的想象不能清晰地概括外面的世界,但是,他坚信,那是他从未踏入过的境地,这境地,有没边没沿的诱惑在等着他去采撷、体验。

可一得到秀银,这一切眨眼间烟消云散了。他又想,一个男人,向往着东向往着西,还是怀里的女人不尽如人意吧。有几次他甚至想老郑一定是得了一种什么精神病才离开的,秀银这样的女人,还留不住他?也许,他接着想,老郑已经病死在一个什么不知名的角落了。他万没想到,会有老郑回来的一天。

可这天毕竟到了,老郑回来了,老郑在他脸前走过,看都没看他一眼,他难道是个透明人?老郑无视他的存在走进了卧房,躺到了他和秀银刚刚亲热完钻出来的被窝里。想着这些,云良望着几步远的悦来客栈,望着这条街,望着鞋店门楣下和客栈屋顶上方一拃宽的天际,一时间仿佛那么远了,既遥远又陌生,像上辈子见过的地方。

云良和秀银坐在柜台后面,一个盯着对面的货柜和墙,一个盯着外面已经狼藉的雪景,长时间沉默。

那一天,不知道怎么过的,天渐渐暗下来,外面的雪地发出蓝微微的光时,老郑的鼾声才停止了。

秀银站起来,云良一把拉住她的手,拉住秀银的手的云良表情是慌乱无助的,还有他不愿意承认的绝望。秀银低下头。良久,云良放开了她。在她要转身迈步的时候,云良站起来又从后面把她抱住了。秀银转过身,抬头望着他的脸。

"唔,你去吧。"云良最后说。

云良转身出了门,秀银一步步往卧房走去,她转过柜台角,站在卧房门口回头看云良,云良在门外朝她点点头,她打开门走了进去。

云良又听到秀银的哭声了,这让他想起了老郑离开的那个夏夜。这时云良突然注意到,秀银与他生活的这三年多竟从未哭过,不像绿米,高兴啦伤心啦感动啦怒啦恼啦,一律在他面前哭天抹泪,一切都像是他欠她的。

这些,在以前,云良是烦过的。

但这次,卧房里传来一阵紧似一阵的秀银的哭声,云良心里一块地方嗖地空了。

天已经黑透了,云良进屋拉亮灯,站在门口,听着卧房里秀银的哭声,打量着屋里的柜台、货架,还有头上刚补过泥子和漆的一块屋顶,在黑暗中他看不清它的边缘,但他知道它的确切位置和形状——三年多了,这一切,他都太熟悉了。

他的眼睛顺着柜台看过去,老郑进门时脱下来的手套在柜台角上,静静地躺在那儿,没有一只叠在另一只上面,也没有一只与另一只摆放齐平,而是很随意地部分交叠着,被它的主人撂在了那儿,仿佛很多年前就在那儿了,一直没动过。

秀银的哭声震荡着他的耳鼓,慢慢在他心里聚成了团。

好冷啊,东北风随着黑夜灌下来,云良的头脸要僵了,他在发抖。他看看对面的客栈,那曾是他的家,他温暖的家呀,眼下橙黄的灯光,没有半缕能温暖他了。看看左邻右舍,有的在训斥孩子,有的屋里响着电视声,有的吆五喝六的,像在打三五反牌。

泥河大街真长啊,可从东到西,没有属于他的一段屋檐;泥河大街真宽哪,街边的门,他一扇都进不去。

秀银一直以为,是她像鹤鸣一样的叫声驱赶了云良,让云良绝望地走上了不归路。

刚开始走进卧房时,她还是抱着要同老郑谈谈的心思,要么,老郑离开,要么,她同云良另寻出路。云良不是说过吗?下河镇比这里还要好。她甚至已经做好了被老郑羞辱和拳脚相加的心理准备。况且，老郑自己这样一声不响把她一下抛开，他也不是没有理亏的地方。可当她打开门走进去站到床边，还没在床边的椅子上坐下来时，老郑欠起身伸出胳膊一下把她搂过去了，她原来的决绝与盘算立即在老郑怀里分崩离析，老郑的怀抱没变，气味没变，少言寡语也没变，她的脸靠在老郑胸口，先是抽泣，而后放声痛哭。

好像老郑走时在她胸口藏了块冰，她揣了三年多，现在他把这冰融化了，变成大股大股的泪水滚到了他前胸上，又还给了他。老郑一只胳膊搂紧她，一只手轻拍着她的背，她感觉自己像块冰一样化在了老郑怀里。

7

第一个发现云良尸体的人是赵洪发的老婆胖丫。雪霁的夜晚倍加严寒,赵洪发和胖丫开着电褥子,倚着床头暖被窝。秀银的哭声透过水泥墙让他们屋里的锅碗瓢盆都要震荡起来,赵洪发很纳闷,因为从来没听秀银这样哭过,胖丫的嘴都要撇到耳根子上了:"哼,人家那是啥命?吃饱了饭踹大鞋,啥事儿不干。可男人呢,一个赛着一个心疼。唉,什么贞节不贞节,什么妇道不妇道,命啊!人和人,横竖没法比。"

胖丫胸脯起伏,感觉越说越不解气:"我辛辛苦苦当牛做马的,一年到头没个闲时候,你看看我吃的啥,穿的啥?我过的啥日子?人家那是啥光景?我哪点做得不如那个狐狸精!"赵洪发转着眼珠子按下他老婆指着他鼻子的手,呀的一声,一下子豁然开朗:"郑大同回来啦!对,是郑大同回来啦!"

赵洪发抑制不住地手舞足蹈,哭声让他一下子想起了中午他在外面铲雪时看到的人影——除了秀银和云良,泥河镇上他是第一个知道老郑回来的人。

"这下有好戏看啦!"胖丫说。

胖丫不单单是说,同时也明白看戏毕竟需要下些力气——一晚上都没听到她想象中老郑和云良打斗喊骂的动静,令她遗憾又焦躁不安。最后,传到他们耳朵里的竟然是三年多前老郑在时夜里秀银常发出的鹤鸣声。

那声音,泥河镇上的人是熟悉的,冬夜里,成群成群的丹顶鹤和灰鹤宿在泥河滩的苇荡里,东北风的呼声夹带着鹤唳灌满长街。但雪地里传来的鹤鸣声是凌峭而幽远的,带着黄土地上特有的寥落与阔拓。不像墙那边秀银的声音绷着绷着突然变了调,前半部分像被推落悬崖的人发出的,后半部分成了洗澡堂子中被捏着脚心的人的咏叹。

"是和郑大同。"赵洪发拿食指竖在鼻子上说。

"淫妇!"胖丫切齿骂道,"嗯?你怎么知道?"胖丫看着赵洪发,警惕地说。

赵洪发说:"你们娘们儿家,平日里东家长西家短,其实啥都不懂,辨不出来。云良在时,不是这个动静。"

"好啊,"胖丫骂道,"你个死不要脸的,原来天天听那淫妇叫唤,你还想砸开个墙洞爬过去吧你!"

"咦,是老郑?那云良呢?"胖丫骂够了,又问道。

赵洪发看了看她,摇摇头。

憋了一晚上,天不亮,胖丫就打开门站在门口左顾右盼。除了发现大同鞋店的门比他们开得早之外,什么也没发现。街上还乌蒙蒙的,胖丫解开裤子,在街边雪堆上撒了泡尿。

"奶奶腿的,冻死人!"胖丫边说边提裤站起。

就在她提上裤子拉外裤拉链时一抬头,发现大同鞋店门口堆起的雪堆那边有团黑影子。

"咦,这是什么?"胖丫退后几步,鞋店门口那黑影子就被雪堆完全遮住了,她又往前走到街边再看,对,是有个黑影子,胖丫的直觉是谁的大衣掉了。胖丫扯下上衣,转过雪堆,朝她认定的大衣伸出了手,很沉,扯不动,她双手提着衣角,使劲一拽,冻僵了的云良被拽翻过来,什么部位碰着了冰地,发出梆梆几声响。

"啊!"胖丫松开手,一屁股坐在雪地上——

"救命啊!救命啊!"

也不知道是喊救云良还是救她自己。

秀银错了,云良在大同鞋店其实没有待到那么晚,秀银没哭完,云良早就轻轻拉开门出去了。云良站在泥河镇长街上深深地吸了口气。他迷着秀银,已经很久很久没看过这个时候的夜了。

月色清冷,刷下一道道凛冽幽蓝,大街上的雪在白天被踩实了,现在泛着月波,像一条河,但不是泥河,云良从来没见过这样的河——与地面平行,漾着劲细的波纹,暗流涌动,一刹那,站在街上的云良像登了船一样感觉脚下翻滚起来,他恍惚了。

突然,不远处扑棱、嘎嘎几声响,接着传来老鼠的吱吱声或地蹓猴儿的惨叫声。云良知道,猎手是毛脚鵟,它有着枯褐色的羽毛,长着残暴的眼睛和爪子,像命运之神一样洞悉黑暗中细微的一切。

云良一脚离开鞋店大门,才知道在泥河镇,除了悦来客栈,他已经无处栖身。不是因为客栈曾经是他的客栈,而是客栈,是住人的地方,他的家没了,他要住客栈了。绿米和海是没有理由不让他住的。

海住进客栈后,在原来门上的老牌匾旁边加了块立式的灯箱,很简单,白底儿蓝字,中规中矩。云良看着刺眼,但眼下,这个灯箱在云良眼里那么温暖那么亲切,像灯塔一样召唤他。

他过了长街,用力敲那扇他曾经开关和修理过无数次的木框玻璃门。

开门的是海,海穿着毛衣和棉坎肩,站在海后面的是绿米,绿米披着海的棉衣——通常这个时候来的客人,都是需要一些热饭的。云良知道,这是绿米起来的原因——他俩不知是因寒冷还是意外他的到来,都绷着脸,瑟瑟缩缩的。

"还有房吗?给我开间房。"云良搓着脸说。

云良过来,在这个时候过来,并说要开房,自然一层比一层更让他们意外——他们已经两年多没有像以前那样说过话了,他们也不可能再像以前那样说话了,蹚过一条河,即使太阳会很快晒干裤子,可是,同没蹚过以前,一切都不同了。

海有些蒙,呆呆地站在过厅里瞪着眼搓手,不明白云良说这话到底是什么意思。还是绿米轻快自然了些,绿米擦着海的胳膊走到云良跟前:"你们吵架了?"

云良没说话,径直走到柜台前的小桌前坐下,说:"还有饭吗?"

绿米利落地给他炒了两个菜,热了四只布鸡。云良掰开一只布鸡,里面黑黑的,是黑芝麻,云良很想问问有没有红豆沙馅的,但他没有问,一个这样处境的人,有口饭吃就不错了。

云良对绿米说:"真是辛苦你了,你,你们都去休息吧。"

绿米看看海,海点了点头。

绿米说:"好,那,有事再叫我。"云良目送绿米转过过厅的拐角,狠狠地咬了一口布鸡。

——黑芝麻馅有股鲜咸的味道,这味道说不上好,也说不上坏,只是,他太不习惯了。

黑芝麻是海的提议,海认为红豆沙太甜了,腻人,于是从珍珍副食店买来黑芝麻碎末,调上五香粉、盐、胡椒粉和蜂蜜让绿米卷进布鸡里。第一次做时,绿米满腹狐疑,心想,这能吃吗?没想到烤出来一试,别有滋味,连房客吃过几次都说,黑芝麻馅比红豆沙馅更妙,吃后更能让人回味。于是,绿米就干脆全做成黑芝麻馅的了。

见云良不动,海给他倒杯水,说:"烤的东西,还是太干了。喝口水吧。"

云良知道,海说出这些话,已经是在努力迎合他了,海是个多么不善言语的人哪。

酒是云良让海拿的,几杯酒下肚之后,云良找到了点平静。云良不断夹着菜往嘴里送,边吃边同海拉着闲话。云良问近来生意好不好;还问这两年比前几年,是好了还是差了;还问他们两口子吵架时,一般是谁让着谁。

海说:"我们一般不吵架。"

云良话落了空,摇着头,又像笑又像置疑地摇头。

海说:"你们?"

云良又喝了一杯酒,将酒杯攥在手里:"老郑回来了。"云良告诉海。

"什么?!"海怔了下,才慢慢地从椅子上站起来,"老、老、老郑回来啦?! 那、那、那——"

后面的话很多,还真不好说。

云良冲着海苦笑了下。

最后,海重坐回椅子上,摇了两下头说:"这样,我收拾收拾小卧室,你住这儿好啦,等理拢完再说。"

"理拢完?"云良放下杯子抓住海搁在桌子上的手说,"海,我真傻! 从前,我老以为你傻,以为你不拐弯,以为你死牛蹄子不分瓣,为你着急,为你——瞧,我现在——"云良抽回手说,"不过,你到底是真傻还假傻呢？唉！"

云良这样一说，海突然明白了——如果有理拢的必要，云良和他，有一个现在不应该坐在这里。想到这里，海突然不安起来，心里有个地方鼓起来，像要往外长刺。

云良拒绝了海让他住小卧室的请求，云良在客房门口搂住海说："我现在——你现在，能让我进来，给我开个房，已经，已经很高看我了，够意思啦！你对绿米说，就说，我是个浑蛋、王八蛋！"

云良不喝酒，也许真没有量，喝了几口，已经明显醉了，海扶云良到床上为他脱了鞋盖上被子，退出来后关上了店门。

海回到卧房脱了衣服钻进被子里，左想右想不踏实，于是坐起来打开灯，将老郑回来的消息告诉了绿米。

绿米较淡然，说："唔，回来了？唉，回来就回来吧。怪不得。"

海知道绿米的怪不得的意思，就问绿米："是不是云良走到这一步悔了，要回来？"

绿米点点头说："他回来就回来，这悦来客栈本来就是他的，如果他执意回来，我们就走，天下这么大，不只泥河水养人。"

海说："我只是想……"

绿米打断了他的话："你想什么？事已至此，大不了就是我们卷铺盖走人！"

绿米说得慷慨激昂，海感动了："你真是个好女人，我这辈子能遇上你，也很知足了——"

"你这什么屁话!"绿米说,"睡觉!说不定,明天还有路赶。"

绿米说着摁灭了灯转身背对着海躺了,只剩下海一个人呆坐在黑夜里——

那一夜,海动了好几回心思,甚至有一次爬起来披上衣服走到了门口,但是,说什么呢?问问云良回不回来?这不是他该说的话。他回到床上,但毫无睡意。谁也不知道。第二天,海看着云良灰紫的头脸和手臂,回身看看客栈的门、屋顶、门口干枯的树枝,突然意识到他们的兄弟情谊是不是比一座院子、一个女人,比满大街人的指摘,甚至自己对自己的看法更重要,云良这才做了出走的决定。

身边的绿米,无声无息,他知道,她睡沉的时候,呼吸声比这沉好多。人心都是肉长的,说穿了,云良没去对面时,对她,也是有情有义。海抬起手来,想抱住绿米,但还是放下了,云良过来只说是开房,但在海,他总感觉脊梁骨突然短了一大截。

虽然,他当初搬进客栈,有云良的默许,甚至是鼓动——云良终究看穿了他的心思。

窗户泛了灰白,东北风,也弱了。海突然想起,今天同苏向阳约好去泥河中学财务室结住宿费。前段时间,市教育局来泥河镇搞教学评估,在客栈住了一个星期。苏向阳是个体育老师,不做财务,但人是他领过来的,单据上,得他签字。他近段时间都在县城学习,财务室的人说他今天回来领工资。

绿米刚睡着,海蹑手蹑脚地下了床,穿好棉衣,还没等打开门,就听到街对面传来一声惊叫。

胖丫的惊叫像条绳子一样把满大街的人都拽到了大同鞋店门口。

在后来的许多年,人们想起这一幕,都感叹,人哪,千万别死,云良是多么讲究的干净人哪,死后脸上沾着草梗灰尘,还有一根梨花母鸡翎毛。多么体面的人,死了也不再体面了,活着是那个人,死了,就啥也不是了,千万别死!

海走到街对面时,云良遗体前已经围了七八个人,更多的人,正在扔下手中的铁锹和扫帚,往鞋店门口小跑过来。

秀银比老郑先走出来,秀银拨拉开众人挤了进去,云良一张灰脸朝着天,上嘴唇和下嘴唇之间有道半指宽的缝隙,这缝隙让云良的灰脸看上去像在笑。呵——秀银轻呼一声,两只胳膊扬起像是要抓住什么东西,不等人们反应过来,咕咚一声扑在雪堆里。

这时候,人们都已经知道老郑回来啦,见秀银晕倒,纷纷惊呼郑大同,老郑扣着扣子从里面出来,迈着方步,人们火速为他让开一条路,他走进圈里,雪堆上是晕倒的秀银,秀银软塌塌的,像倚在雪堆上睡着了;街边上是冻死的云良,一看就是早僵了。老郑看了眼云良便转身扶起秀银,将秀银四肢蜷起来,接着掐住她的人中,不一会儿,秀银就哦的一声吐了口气,睁开眼。

老郑做这些事时不慌不忙,有板有眼,丝毫没为街边冻死的云良乱了阵脚。

后来,泥河镇上的人都说,老郑到外面转了一圈,心硬了。

其实，他们谁也没证据证明老郑没出去转时心就是软的。秀银醒后老郑抱起她进了鞋店，好长时间，老郑才又迈着方步出来了，人们都注意到了，这次出来，老郑脖子上多了条围巾。围了围巾的老郑的眼里是正伏在云良身边悲号的绿米，她眼泪鼻涕拖出好长，几欲气绝，四下的人无不为之动容。

——这娘们儿，虽然在云良迷上了秀银后身转得够快，但看哭得这个痛，也算有情有义，云良没有白疼她！

8

梅被从下河接了回来,小小身体上裹缠着白孝布,一手抓着个芝麻糖,另一只手握着一只粉红色胶皮小猪。她在人空子里穿来穿去,饶有兴趣地看着男人们举着铁镐凿开冻土层,挖了个又长又宽又深的坑,女人们帮着绿米从客栈往镇北的荒地里收拾搬运祭品和纸钱,一入冬寂寥的镇北洼地里突然短暂而急促地热闹起来,像开了一场即兴诗会,赶了一拃长的小集。

云良被装在一只简陋的薄桐木棺材里用绳子吊进坟墓,不是绿米不舍得花钱,事情实在太急,下河镇上就一家棺材铺,无主的棺材,就这一具。

那天中午,海吃了一大碗清汤面,吃完用一只竹篮子装满了布鸡,提着去了泥河中学,没多久攥回来一卷有整有零的纸票交给绿米。

"呀,忘了篮子。"

天擦黑时,绿米系上围裙,正想到后院做饭,海正在修理一只床头柜,放下手里的一只小铁锤,突然想起了上午提出去的篮子。

至今,绿米想不明白,海是去取篮子一时心动做的决定,还是蓄谋了一整天的主意。绿米想,虽然隔着不到百里,但她,其实一点都不知道泥河人的脾性。她在泥河,始终是个外人,就像许多年后,泥河镇上的人在背后说起她来,都说,客栈那女的,即使她到了别处,还是这样叫她,而不是同称别的女人一样,某某家的,某某妈,也更不可能像称呼男人一样直接喊她的名字。一个女人,跟过不同的男人,这在泥河,身份就成了个问题。是"客栈那个女的",不是老板、老板娘,她是客栈的,而不是客栈属于她。

海站起来,穿起搭在柜台上的大衣出了门,直到夜里十点多钟,苏向阳来送竹篮,谢谢他们送的布鸡,绿米一惊,接着明白,海,走了。

日子还得过下去,尚年轻的绿米已经接受了乖舛的命运、摸不透的世事。

泥河的冬夜突然长了。

长得八觉都睡不到头。常常是白天风平浪静的,一擦黑,就起了风,远道而来的风,带着西伯利亚特有的东北亚苔原的味道张牙舞爪地扑到房子上、树上,扑到河滩里和河两岸的荒草灌木上、扑进街口，肆虐地在檐下和墙屋拐角处拧出尖厉的嘶鸣声。

夜半醒来，绿米想起云良，想起海，也想起了毛北京，她想起毛北京昂首挺胸从外面进来，仰着脸，告诉她他要到外面去，还对她宣扬他那些六十万七十万之类的预言。

在那之前，毛北京从不曾给绿米留下任何印象，好的或者不好的，在绿米心里，毛北京像泥河滩上的一棵小草一样可有可无。但从那个正午之后，特别是那晚绿米想起来，毛北京从来都不是那个黄干干的脸和身材矮小的毛北京了，他在泥河，至少是在绿米心里，成了个人物。他与老郑不同，也与海不同，尽管他们一样都离开了泥河，奔向外面的大千世界。老郑和海走得多么让人心焦啊，一声不响，不说去哪里，也不说到外面干什么。老郑在黑夜里，趁着绿米和他的女人秀银去泥河泡澡的空当消失得无影无踪；海谎说是去拿回一只竹篮子，他们都没有勇气像毛北京那样朝着整个世界呐喊。

老郑和海不是要去外面闯荡，不是对外面世界由衷地向往，而更像是要将自己作为一滴墨从泥河镇这张宣纸上擦得干干净净。

毛北京是多么不同啊！

毛北京家住长街东半部，他从太阳升起的方向背着粗犷时尚的牛仔旅行袋，一边同路两侧的街坊打着招呼，像股强劲的春风旋到了石桥上。比之老郑和海，毛北京是张扬的、阳光的，充满了叛逆的张力和饱满的青春气息。绿米感觉毛北京像一粒种子，总会在她不能想象的外面的世界生根发芽,茁壮拔节,总有一天会果实累累。绿米想,毛北京,总有一天会回来的,会让对着他背影嗤之以鼻的人们惊得掉出眼珠子。

但毛北京刚走时,绿米还没有,也不能够这样想。绿米只是感觉,咦,这个毛北京,真是新鲜。她只是两只耳朵都是自己的心跳声,像初见云良时。只是连着两三天,都没睡好。

那时节,云良也睡得少。

可云良没有想老郑,也没有想毛北京,云良在想海,在想从小到大同他保持了无间亲密关系的海。

泥河镇曾经有家布店,店名非常怪异,叫丝丝入扣,店主是个三十来岁的上海女人。这女人和她的店名一样怪异,不可捉摸。她是五六年前秋季来到泥河镇的,第二天租下了蜈蚣腿上靠着街口的两间房子,至于第一天她在哪里过的夜,没有人知道。这女人租下房子后找了两个人收拾了三天,每人给了三十元报酬,天哪!看吧,泥河镇上的人说,这女人不是个逃出富裕家庭的媳妇就是有个做高官的爹。你们看她那羊尾子头和那身打扮就知道。不说县里,市里也没几个人这样打扮的。见识多的人说:"她不定是个犯了事儿的走私者或是毒贩子呢,风声紧了,来咱们偏僻的泥河镇躲风头。"听的人很不屑,说:"错,错,错,泥河镇怎么是偏呢?周围的哪个村,不是掐着日子来这里赶集?"

人们的议论还未落定,一辆大卡车就停在了她的门口,卡车上下来四五个人,七手八脚地抬下货架、柜台,还有一匹匹泥河人从来没见过的或华丽或雅致的布匹。卡车走后,泥河镇的女人们一窝蜂围拢了来,眼盯着手摸着用鼻子闻着一匹匹新布感叹得啧啧有声,没出一个月,泥河镇的女人孩子们身上就都着了新行头。女人话不多,被问得紧了,就淡淡地说:"我就是想出来看看外面的世界是什么样的。"天哪! 泥河镇上的人更加惊叹起来,还有这样的理由? 要看看外面的世界是什么样的? 泥河镇原来是"外面的世界"!

那时候,老郑还没消失,毛北京也还没有从街上招摇而过,泥河镇上的人很少想"外面的世界"这个东西。继而人们发现了她的门匾,不是木头的,也不是铁的,没有灯箱,更不是直接写在水泥门头上的,而是用一块长方形的深色木框镶住的刺绣,上面有四个字:丝丝入扣。

两年多,泥河镇人等待得脖子都长了。

人们在等着某个早晨或者晚上,布店门前或窗前晃动着的一个或者几个陌生的男人影子。茶余饭后,人们站在街边或者聚在某一家店门口猜测将要出现的男人的模样和身份。瞧着吧,总有一天会敞给人看,她不是只好鸟儿!

终于,让人们等着了,有一天清早,天微微亮,有人看到有个男人从她门口走出来。

"你们一辈子也猜不到那是谁!"看到的人神秘而又骄傲地说。

人们俯下身来,诚服地撑开耳朵聆听。

"是海！"

那人不等别人催几回，自己就捂不住了，骄傲地大声宣布。

一条长街，随着"是海"的一声炸了锅，怎么会呢？怎么会是他呢？海，多老实的一个人。对呀，怎么会是海呢？他连媳妇都不要找的。哎哟，没看出来，他眼光是这么高的，原来，咱们这里闺女，他一个没看在眼里。屁，这是高？说不定，那，是个卖的？那个谁呢？不就早说过嘛……人们七嘴八舌地议论的当口，那女人走到大街上来了，聚成团指戳着她的人一哄而散，在街上与她碰了头就搭讪。

"小苏，干什么去？"

"去面粉厂。"

那女人友善地笑笑。在她身后，散去的人又聚拢过来，就像被快艇犁开的河水。听见了吗？去面粉厂！嘻嘻，脸皮比泥河底的沙还要厚。外面的女人，大概都这样吧。想不到，海闷来闷去，闷到了这么个好事儿，他命好。说这话的是个男人，可他的声音很快被不屑的女声淹没了。

云良站在客栈门口，姓苏的布店老板从他面前经过，冲他微笑了下，直过了石桥，朝面粉厂方向去了。绿米推着他："你去，你再去推几袋面吧！"云良把绿米搭在他胳膊上的手抹下去了。

当然，云良是永远也猜不透海对那女人拒绝的理由的。那阵，女人天天往面粉厂跑，人们发现，她回来时，一天比一天神色凝重。最后，人们看到海送她过了石桥，后来，就再也没见她去过了。再后来,突然有一天,人们发现毛北京的父亲毛三从店里走出来,抬头一看,"丝丝入扣"不见了,门头换成了块同镇上大多数门匾一样的木牌:毛三布匹大世界。那女人抱着她的"丝丝入扣"离开了,带走了原本由她带来的新奇和亮色。泥河大街上,人们耷拉下肩来,连打招呼都是有气无力的。

她和海的事,只有绿米问过。那时候绿米刚刚成了海的女人,夜里,绿米将海扳过来,冷不丁地问:"你为什么不娶她?她不好吗?"

绿米手指着屋顶问,仿佛此刻,那女人就像只壁虎一样趴在他们屋顶上。黑暗中,绿米看不到海的表情,海正了正身子,让自己躺得更舒服了些。

海把一只胳膊伸到绿米身下:"她好,可她不属于泥河。"

绿米茫然又愕然。

睡不着的夜里人们会想很多,可是那阵,绿米就常常想起毛北京,云良常想的是海。绿米想毛北京时从不说出来,她已经听过云良对海说起的什么泥河闷泥河小之类的话了,她害怕云良也像老郑一样一觉睡醒再也摸他不着了;云良想海,却常常说起来,绿米知道,云良在为海着急。这时候,绿米就说些宽慰云良的话,说:"这种事,你急算什么?你又不是不知道,他娘都急成什么样子了?再说,这要看缘分,这是缘分没到吧。"

云良听到绿米这样说,就说:"缘分?什么叫缘分?难道是有个二老姑,这二老姑又早认得那姑娘?知了根底放了心一撮合,就是缘分?"

"你什么意思?我二老姑将我说给你,是坑了你还是害了你?"绿米说。

云良见绿米生了气,就说:"打嘴打嘴,我只是打个比方,随手牵来说事儿。"

绿米说:"随手牵来?这更吓人,可见你心里头是这么想的,一不小心说秃噜了嘴。"

云良就不再说话了,入神地想,对呀,我怎么会说起这个来?她二老姑,已经是作了古的人啦。

第二天起床,见绿米气鼓鼓的,他知道是昨晚的话还在作祟。云良就更加勤脚勤手起来,一大早,到五里外的黄泥屋子(村名)弄来只近九斤的土鸡,烧了水煺干净毛,系了围裙吭哧吭哧在院子里剁,剁完冲洗干净,盛在大砂锅里炖上。

绿米走进厨房掀锅盖瞅一眼,说:"要不,叫来秀银和海一起吃?"

饭开在过厅柜台前的桌子上,因为有了客人,云良又做了西红柿炒蛋,拍了两根黄瓜,弄了个麻婆豆腐,又从土罐子里捞出两个生炝的毛腿蟹。一张稍长方的小桌被拉离了墙,两个男人各坐一端,秀银和绿米面对着坐。

本来鸡是好鸡,酒是好酒。客中一个是绿米的闺密,另一个是云良的发小,气氛一直热烈融洽。坏就坏在结束前云良的几句话上。临了,云良端着杯底的半口酒顾自碰了碰海的杯沿说:

"嗯,该操的心我都操了,你心里怎么想的呢?你不想想,你都多大年纪了,再这样撑下去,就连二婚的,你都捡不上茬儿!"

言毕,云良一仰脖子,将酒干了。云良这样说,如果海一直低着头,也不要紧,可海那夜鬼使神差,就在云良话音刚落时,突然向正在沙发上坐着的秀银偏了偏头,冲她笑了笑。绿米后来分析,海那样笑再正常不过,他不好意思嘛。可秀银不这么看,秀银腾地站起来,鼻子里哼了声,不过也许没哼,一甩手便推开门走了。

门哐当一响,海问:"咋了?"

云良抬起头来看看门,又看看绿米。绿米说:"咋了?她一定是误会你啦。"

云良不以为自己说了什么,绿米就把他刚才的话一个字一个字对他们掰扯开,最后说:"她一定是误以为今天的饭,是你给她和海牵线!"

海看了看绿米又看了看云良,云良摊着两只手:"怎么会?我给他们牵线了吗?我怎么会牵这样的线?你让海说,海说过看上她吗?你不知道海吗?他就算看上她,会说出来吗?嘿嘿!"

云良笑了两声,一屁股坐在椅子上。绿米看海,海醉了,一个劲地嘿嘿笑,只张嘴,一句话也说不出来。

云良说:"你别看你嫂子,你就说,你有对我说看上过她吗?你就说,现在,对她有没有想法吧?你要说有,好,包在哥身上,我替你去说!嘿嘿,现在还不晚——"

云良说着挣扎着站起来,绿米把他摁了回去:"你就别添乱了！秀银都被气走了。"

云良拉着绿米腰间衣服往他那边拽,边拽边说:"我添乱了吗？海,你说,我添乱了吗？呀,媳妇呀——"云良转过头去对着海,"海,瞅瞅我媳妇,好不好？瞧得上吧？瞧得上,我送给你！"

海一下子从椅子上跳起来叫道:"你胡说什么？你喝醉了,快给秀银赔不是去吧！"

最后,是绿米推着云良出的门,绿米说:"在泥河,我通共就这么个说得上话的人,你不能给我得罪了。"

云良过去拍了拍海的肩说:"海,走,咱道歉去。"海兀自站着不动,云良就自己向门口走,走到门口,回头朝绿米说:"不许哭哈不许哭。海,你瞧,俺媳妇又要哭啦。"

刚开始,绿米是后悔去大同鞋店接云良的,如果没去,就好啦——好长一段时间,她都这样说,甚至跟了海后,还是这样说。本来,海要过去的,绿米看他喝了酒,说:"你先躺沙发上歇歇吧,我也不锁门了,我去把他叫回来你再走。我就不该让他去,一个醉鬼,能赔出什么好,是不是？"

绿米系好了棉衣扣子戴好风帽,一脚踏出门,还是被风呛了。她朝右偏着头,尽量将上半身压低,东北风钻进街口洪流般拉扯着她的腿脚。她半闭着眼跨上路牙紧赶两步推鞋店的门。绿米没有推开,绿米立即转身逆着风打量——她以为云良说要去赔不是只是个支应,根本没有过来。她在鞋店门口跺了跺脚,鞋店里亮着灯,又给她秀银还没有睡下的直觉。绿米敲敲门,云良就从里面出来了,后面跟着秀银。秀银跑过来开门,一拉,没开,再一拉,低头一看,原来用圈锁锁上了,秀银回头冲云良嚷:"你怎么锁上门了?"

那时候,绿米还没有疑心。绿米走到街心才犯的嘀咕,她想,云良为什么走得这样快,这样利落?他不是醉了吗?绿米不再往前走了,转身返回了鞋店,秀银正在锁门,见绿米返回来就停了手,手里攥着锁具倚在柜台上低下了头——

后来海告诉绿米,说云良那晚回店里的第一句话是拉着海的手说女人和女人不一样。云良的原话是:"海呀,女人和女人不一样啊!"见海要走,云良又说,"海,我刚才对你说的话,不是醉话——我明后天,就搬到秀银那边去。"

海甩开他的手往外走,云良又说:"别以为你哥傻,你的心,在你嫂子身上!"

海回转身往外走,与正进来的绿米撞了个满怀。绿米推开海向前一步,扬起手结结实实打了云良一记耳光,绿米说:"你最好现在就滚出去!"

云良是在两个月后住进大同鞋店的,绿米记得很清楚,那天,是农历二月二十五。

云良死的前晚,在悦来客栈,端着酒杯对海说:"海,你知道吗?我现在感觉呀,人哪,就像一阵风,你知道吗?是风啊,这样刮过来刮过去,家里外头刮几遭就到头了,消失了。海,你知道风在哪儿不见的吗?"

说到这儿,云良放下酒杯,揪着胸前的衣裳。

海说:"我不认为人像风,我感觉一个人,就是一条河,就像咱们泥河,干了满了,熬哇熬哇,淌啊淌啊。"

云良说:"嗯,稀罕!不过,往哪儿淌啊?"

海说:"能往哪儿淌就往哪儿淌。"

云良说:"嗯,有意思,能往哪儿淌就往哪儿淌,嗯,有意思。那你说说,我现在得往哪儿淌。"

海看看他,咬了咬嘴唇,没说话,云良笑着拍海的肩膀,说:"唉,我要淌去啦,你关门吧。"

海本来想拉住他,但是,最终,没有伸出手来。云良就这样走出了悦来客栈的门。

海关了门和灯回卧房,海想,云良最终对他看上绿米这回事儿是没有释怀的,虽然,是他抛弃了绿米。

那时,说起海时,云良和绿米还常常说起公社谷仓里的杜梨。绿米听人说起过,说有一段时间,海和贾十月不对付,人们都猜测他俩都看上了杜梨。

但云良始终没问出真话来,云良刚开始时常对绿米说:"你和杜梨好,改天你去问问她的意思。"

但后来,云良就不这么说了,说:"谷仓里那女的,盯着的不少呢,海呀,没戏!"

9

绿米问过杜梨。

有次,杜梨喊绿米去帮她做被子时绿米问杜梨。做被子是细活儿,先将里表翻过来铺平,然后一缕半片地把棉絮撕匀实,一点点地絮在一起,压平,翻卷过来,再拿粗棉线一针一线地将表里和棉絮绷稳妥。

第一天只絮棉絮,说了些闲话。第二天绷棉线时,杜梨绷了没一会儿就说腿麻了,不愿意再干了。

绿米就说她:"要你这样做媳妇,婆婆是会骂拿不住性儿的。"

杜梨父母是上海来的,到了这时,杜梨也算不上是个泥河人,所以,她不懂什么叫"拿不住性儿",但"婆婆"两个字她是懂的,就说:"幸好我没有婆婆,我也不要婆婆。"

绿米就逮了机会说:"真不想实实靠靠地嫁个人啦?"

杜梨就说:"想啊,没人喜欢我。"

绿米就打趣她说是喜欢得太多挑花了眼吧。

杜梨就说:"嫁人,叫我看,把两个人绑一辈子,是件好笑的事哦,也好有风险。"

"嫁了人,有个人可依靠,咋会是风险?"绿米又引上一针线说,杜梨这话让那时候的绿米实在想不明白。

"你想啊,上学有个时间吧,工作也有退休的一天吧,开店发个执照,也有日期的哟,结婚证,没有日期哟,一签就是一辈子,可怕不可怕?一辈子哎,对着同一张脸,摸着同一只手哎,不是可怕得要死?"杜梨说。

"那你想咋样?三天换一个?哈哈哈!"绿米捂着嘴笑起来。

"要三天讨厌了三天换,三年讨厌了三年换,都讨厌了一个人过,岂不更公平?"杜梨说得认真。

在当时的绿米听来既可笑又不正经,她更没有想过有什么公平,但听了这话,她就没开口问她和海是否有可能。两个人过日子,还是要声气儿相同,海和杜梨,两个天地里的人哪。

但是后来在这个暴风雨后的一大早,绿米看着秀银的侧脸想起了杜梨,感觉杜梨那天三天三年的话有了那么点意思,还感觉两个天地里的人拉一块儿去,这日子,说不定,过得更欢实。

想着,绿米接过秀银又一次递过来的米粥,舀一口送进嘴里,说:"真是好大的一场雨啊。"

秀银说:"嗯,一场大雨。"

秀银又说:"起来吧,该干啥干啥。刚才我过来时,听街上人说,孙少红的虾池全泡汤了——你看看,这划的。"

"全泡汤了?真的吗?"绿米伸出胳膊、腿,坐直了说,看着上面一道又一道已经变成暗褐色的划痕。

秀银点点头:"那有假?刚堆起来的新土,禁得住这样的雨?噢,你还是不要出去了呢,这么大的雨,又没人来住,小石桥水都漾上来了,堵了具女尸,也亏得水不大,水要是大点了,就冲到海里喂鱼了。"

电视新闻里说,这场雨,是泥河近百年来的罕见洪水。

泥河太窄,比黄河低得太多,黄河水满时泥河可以分流,可泥河自己要满了,就没一点办法了。电视里还说受灾的几个镇损失多少多少人民币,还说下河镇淹死了一个九十多岁的老太太,另外有两人失踪。

新闻是在新生百货看的,全镇上只有他一家将电视吊了起来,刚吊起来时,还被嘲笑过一阵,说弄个电视还吊起来,是怕我们摸坏了咋的?还是显摆有钱?人们一边在自己嘲笑过的电视和电视机主人面前唏嘘议论着又将来临的暴雨,一边安慰别人又自我安慰地说:"怕什么?拦海大堤倒了,多大的水,横竖有渤海接着;泥河里的这点水,放在海里,那就是一滴,一滴也不是。"

有人说:"呀,那海里的水要是翻上来——"

人们听这样一说,七嘴八舌,又都回忆一九六五年的海啸,最后都感叹,唉,这是命,瞔等着就是啦,闭着眼等。

绿米去买火机,边等着找钱边抬头扫一下电视画面。三两帧图画接着就过去了,泥河,是太小的地方了。但紧接的另一则新闻让她瞪大了眼睛。

这是一则严打新闻,说某某市公安局先后端掉多少个以销售进口电子表为名的诈骗黑窝点,画面是一处住宅出口站成夹道的两排公安看着垂头丧气的男男女女往外走,绿米突然看到了毛北京。

毛北京出现在画面的右下角,光着脚,将一只包举在头顶上,对,就是他离开泥河时背的那只牛仔包。毛北京没有像他旁边的人那样低下头拿手捂起脸,而是茫然地抬着头张着嘴对着镜头。他的左边是一个全副武装的警察的两条腿和挂在他后腰上的狼牙棒。绿米惊愕地发现,毛北京身上穿的好像还是出门时的衣服,绿米伸长脖子,想看仔细些,可镜头一闪,过去了。

这场雨,给悦来客栈也造成了较大损失。

泥河水先是从朝南的第二条蜈蚣腿上蹿上来,在巷子里冲出一条深壑,雨大水急,接着所有的蜈蚣腿都活起来,将泥河镇大街充盈成一条名副其实的翻滚的大蜈蚣。后来知道上游麻家湾决了堤,东边又有拦海大堤拦着,水泄不畅,急流在泥河肚子里像头困兽乱窜。秀银和绿米相搀着接近了悦来客栈门口时,大街上的水都没了膝盖了。

后来发现客栈前厅除了老柜台,沙发、桌椅和零碎物件已经都泡坏了。但当时停了电,什么都看不见,秀银扶着绿米摸进门,推开漂着的一些小件家具扶着墙壁到了后面院子,后面房屋也都进水了。

绿米适才的一腔悲愤已经被大雨浇醒了,她突然表现出了从来没有过的清醒和果断,她迅速蹚着水进卧房穿上衣裳,大声吆喝让秀银赶紧出去让房客们到屋顶上去。

绿米引着他们从后院东偏房南墙边的铁栏杆爬上了屋顶。

"都上来了吗?人都齐了吗?"绿米大声喊。

一道闪电从天上劈到镇北农场一分场西边的空地上,绿米看清三个鲁西南住客和孙少红都在。

"孙大哥,嫂子呢?上来了没有?"

孙少红的老婆,从孙少红身后伸出头来。绿米松了口气。

老郑爬上房顶,叫他们下去,说只要淹不到房顶,还是屋里安全。但住客们不敢下去,绿米也在上面陪着,老郑就叫秀银回去,说得回去照看着。

老郑把手里的雨衣递给绿米,脱下身上的雨披给秀银。绿米扒住屋脊,爬过几个住客,将雨衣递给孙少红的老婆。

风拧着刮过屋顶,雨条子抽在身上,生疼。东边远处传来轰隆轰隆的声音,像闷雷,不一会儿老郑又爬上来,说可能是拦海大堤倒了,水在退,下去吧。

雨在天明时渐渐小了,孙少红的老婆怕接下来还有阴雨,一看到客车从东边摇摇晃晃驶过来就招着手跑了过去,尽管,客车去的是与她家相反的方向。

她还不知道孙少红的虾池子全被冲毁了,在门口擦过绿米肩膀时也没个什么道不是的话,气咻咻地像对着天说:"你告诉他抽个空子回家把婚离了。"

那时,孙少红已经站在镇东边野地里,野地里的积水,齐腰深,孙少红站在那里,看不到一段池坝、水闸,看不到一块雨前堆得齐整的石头,只有水,只有远处的树和近处水面上的水蓼紫花,摇啊摇的。

悦来客栈在那场洪水过后里里外外焕然一新,只是,消耗了绿米所有的积蓄。孙少红在房间里憋了两天后回家筹了钱,回来等着水退,他要继续挖虾池。

绿米对孙少红说,经了这么大事儿,他们算是朋友了吧。绿米置办了酒菜,说庆祝庆祝。

老郑不爱凑热闹,请不来,绿米、孙少红、秀银坐在刚买来的橙红色沙发上,对着满满当当一桌菜肴干了一杯又一杯。

最后,绿米说:"我给你俩唱支小曲儿吧!"

是那支绿米常唱的曲儿,绿米一开口,秀银就瞪大了眼,说:"哎呀,哎呀,知道了,原来是你唱的,我还当哪家看的连续剧的主题曲。"

"打住,打住!"

绿米刚唱了两句,孙少红叫停了。

"不对,不对,你嗓子里,那根小弹簧,是啊,那根小弹簧,不见了。"

孙少红拿手在自己脖子上比画着。

"什么小弹簧?"

绿米和秀银一齐问。

"就是,就是——"孙少红努力地表达,老半天,绿米才明白,孙少红说她的嗓音和先前不一样了,说她先前一开口,就让人睁不开眼,现在,不一样了,芒刺不见了,圆实得多了。

绿米问:"真的吗?我怎么没感觉出来?"

孙少红说:"真的。"绿米就怅然若失。

"不过,也好,和气多了呢,原来,不和气。"

孙少红的话,让绿米高兴了些,但毕竟,有点什么东西,好像真的消失了。

秀银说:"别听他的,我咋没听出来?难道我耳朵不好使了?"

"不说啦,不说啦,这样蛮好的,接着唱接着唱吧!"

孙少红挥舞着筷子。

"不唱了,没心思了。"绿米说。

孙少红缩了脖子,说:"那好啊,那我给你们说说我的计划吧。"

孙少红对着绿米和秀银,展望着他养虾的前景。在他的蓝图里,白虾先是销到市里,再销到省城,然后是南方和东北,接下来出口中东和东南亚——最终,白虾会打败像南美白虾、基围虾、海对虾等绝大多数淡水和海水虾类从而雄霸全球市场,他自己也将成为有史以来古今中外最伟大、最富有的人。

孙少红嘴里填满了布鸡,边嚼边说:"那时候,我就是虾王啦!"

"啊哈哈,虾王!"两个女人大笑起来,举着杯子说,"那先敬虾王啊,干了,干了!"

孙少红显然醉了,他站起来,摇晃着身子,把酒杯举到头顶,说:"嗯,我说话算话,到那时,我要在泥河建一座全世界最高级的酒店!对,我要给你投资,建一个布鸡店,不,布鸡集团,对,就叫泥河布鸡集团,做大做强,你要做白虾馅的布鸡,让你的布鸡店在全市、全省、全国、全世界,遍地开花!你等着吧,我说到做到!"

秀银捂着肚子哈哈大笑,绿米看着脸被太阳晒得黢黑、眼睛布满血丝、手舞足蹈的孙少红,禁不住两行热泪扑簌簌滚落下来——

中篇

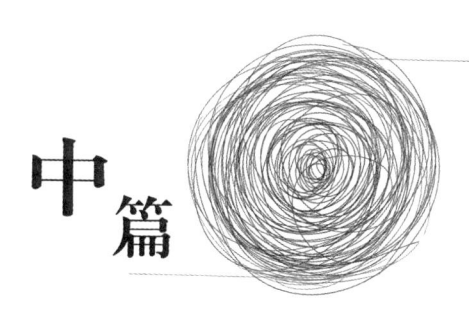

10

　　大雨过后,绿米想明白了:不用后悔伸手去取那只枯叶螳螂。她想,没有螳螂,也会有别的事,这涟水女人,只是在给自己找一个坚实的离开孙少红的由头罢了。最让绿米懊丧的,堵了她一辈子的事,是在这个夏夜暴雨之后,她在秀银提起石桥下那具女尸时,没有出门看一眼,不是因为她爱惜被河滩上的碎玻璃划破的脚底板,而是,这是命。她要出去看一眼,就不会发生那些事。

　　可她没有出去。

　　她虽然信命,但还是感觉对不起她的朋友杜梨。

　　泥河大街上很多人认为,杜梨的放荡,始于那场暴雨之后。

　　雨后的第二天,天气还很阴沉,尽管经过确认,拦海大堤真是决了一个大口子,但黄河和泥河的水势仍阴险凶猛。浑黄的水浆在镇西口石桥两侧滚起细密的涡纹。不得已出门的人胆战心惊地扶着栏杆出入泥河街口,雨帽遮掩下的双眼充满忧惧。

狂乱之夜过去之后,在沸沸扬扬的对灾难的预言中雨条变细,早起的人对着细丝样的雨线长出一口浊气,没来得及洗把脸,西街口的尖叫已此起彼伏,人们一下子睁圆惺忪的双眼,很快出了门,蹚着满街稀薄泥水朝石桥奔去。

桥下是浊水,是一团一裹的垃圾,是层层浮积的苇草和蓬蒿,是一具泛着白光的裸体女尸。

"天哪!天哪!"

女人们惊叫起来,惊叫之后似乎想起作为活着的人,还是要做点什么,有的扭头跑进街里派出所去喊大鼻子老李,有的在掰着指头历数这些年黄河水一共冲下来多少具尸体,大部分人围在桥上或河两边,一边对着逝者白花花的胸脯和肚皮生出些不无邪恶的想象,一边又别着头,唯恐那张泛青、贴着几缕头发的脸钻进自己梦里。

胖丫站在一群上了年纪的女人堆里,边伸长脖子要看个清楚,边惊悸地向后撤着上身,一只手揪住身边人的胳膊。

"哎,过去的人是不能见天光的啊,得拿个什么遮遮哟,不然,她会嫌我们肠硬心狠的。"

东边年轻些的女人群里传出话来。

这边上了年纪的女人应和着,说:"是呀是呀,甭管死了活着,见一面,就是缘分呢。"但接着又纷纷互相诉说家里真是没有多余的床单衣物。一面说,一面在心里迅速原谅了自己,重新仰起一脸愁苦叹气。

男人们三五凑着点烟,说真可惜了的,这么标致的小娘儿们。

边说边不时拿眼往桥下瞄着,好像这样就能减轻失去那年轻女人的可惜。这样,本应该早就进行的打捞工作,直到大鼻子老李到来才开始行动起来。

孙少红的老婆穿着一件浅灰的男式背心,下摆几近贴到膝盖,两只胳膊抱着昨夜暴雨浸过几遍的湿衣裳走近河沿。

"我的个天哪!"

她后退了几步,迅速跑到街南边朝东边来的一辆客车招手。

"这个地方,还真是晦气!"

她说着跳上客车,车子轰隆隆向西出了镇子。

人们面面相觑,问着这是谁呀,没人知道她是谁,有人说,可能客栈的人吧,人们就释然了,噢,客栈的,那就甭纳闷了,客栈,什么人没有。

水位很高,站在岸边的人,持一根长竿稍一用力就把尸体拨到了与河沿齐平的水边上,再将一块油布推到她身下,扯着油布靠近河边的两只角拖了上来。

多年过后,那天的情景,泥河镇上的许多人仍历历在目。

女尸显然溺死没多久,姣好的容貌,神情温和安静,不知衣物是被水冲走的还是她落水时本来就光着身子,只一条银色的项链挂在颈上。后来,老李抠开项链盒坠,小极了的人头像后面有三个小字:李果果。

而后人们提起女尸,就说李果果怎么样,不知道的人,以为她本是泥河镇的一个人物。这年冬天,住在镇北的苏家有个女儿叫苏袖儿,突然高烧不退,家人送她去医院时,她在毛三布店前滚下自行车后座,拉住当街经过的派出所副所长庄伟,大喊:"快送我回去!快送我回去!"

家人惊疑,她哥苏向阳,想起小时候听老人讲过的某些蹊跷的故事,就小心翼翼地问她:"送到哪里去?"

苏袖儿紧紧拽着庄伟的衣摆:"山西吕梁枣林坪,从东边一进村路前第三户,门口有两棵并生的枣树,我是李来喜家的小女儿。"

庄伟吓得面无血色,大喊:"她说的真是山西话,真是!"

围过来的人中年纪大点的,就说:"甭送医院了,去下河找马家奶奶看看吧,没准儿一摸就好啦。"

"哎呀——马家奶奶不在了吧,还在吗?"

有人说。

人们就开始争论这个传说中的通神的老人还在不在世的问题,谁也没有提出让人先骑个自行车去看看,来回也就半天的工夫。

"李来喜?姓李呀——"

大鼻子老李走过来听了会儿咂摸出了味道。

人们恍然大悟,李来喜?李?对呀,山西,吕梁,还有个什么坪来,看看,是不是在黄河边儿上——

有人就喊:"快,快去新华书店看看地图。"

腿脚轻快的人钻进书店,不一会儿拿着张中国地图边跑边喊:"是,是,吕梁枣林坪,正是在黄河边儿上。"

于是,有人就出主意,别去下河了,就找谷仓的杜梨,她呀,没准儿听杜梨的。

人们簇拥着苏家人向谷仓走去。

一个草绿色的身影,在谷仓边的蜀葵丛中一晃,不见了。有人说,像陈参谋呀。他的话无人回应,人们急着验证让苏袖儿发烧的是不是李果果。

人们穿过公社谷仓外围密匝匝的蓬蒿、水蓼、青麻、蜀葵、鸡冠花和荆柳,敲响了杜梨家门。

呀,这个神秘的谷仓,这个神秘的女人的家,第一次展现在泥河人眼前。原来,只有靠东南角的几间房子在住人,其余竖着梁柱的敞屋都闲置着,散乱地放着一些干花、画框,横竖拉起的粗钢丝上,齐整地搭着些新旧的衣物。

那时候,杜梨肚腹已高高隆起。

人们七嘴八舌地说明了来意,杜梨轻轻地摸着肚皮,说:"真有用吗?"

"试试,试试呀,你问问她。"

人们说。

"唔,你真的是李果果吗?"

杜梨说。

"是我,姐姐,没假。"

苏袖儿咬着外地口音。

"那都几年了呢,你还不回家?"

杜梨说着摸了摸苏袖儿的手,滚烫。

"啊,我回不了家,我的身子还在县城东北角游乐宫的铁钟下挤着呢,他们摆得不对付,我天天膀子疼。"

人们大惊。

后来,泥河中学一个叫白铁军的生物老师去县里找了公安局的同学,真在县城东北角几年前新建的聊斋游乐宫东北角扔着的一只铁钟下挖出了一具女性尸骨。公安局的同学不让他声张,要是说出去,估计公安局局长脸就很难看了,他自己也不想惹上事儿。

杜梨拿不准这些话是不是真的,她想了想,说:"这样啊,回不去,就好好的嘛。"

杜梨又想了会儿说:"阴间阳间,都要做开心的事嘛,不要和别人过不去。"

苏袖儿听了低下头去,显得有些不好意思。过了好半天,她抬起头说:"倒也是,我听姐姐的就是了。哎,对了,我姨送我的银链子,现在由公安局局长的外甥媳妇戴着,姐姐去要回来,我要送给姐姐。"

"噢！"苏袖儿想了想说，"他外甥媳妇在供销社门市部当售货员，叫苟香兰。"

白铁军后来专门到供销社门市部去看了，是有个叫苟香兰的，是公安局局长的表外甥媳妇，但是，那时门市部已经不像以前兴旺了，苟香兰早调去县炼油厂做出纳了。

"姐姐不稀罕什么项链，你别调皮了，听姐姐的话，姐姐再给你做件新裙子，好不好？"

杜梨拉起苏袖儿的手说。

苏袖儿挣脱开杜梨的手摸了摸脸，说："她长得好俊呀，好啊好啊，那我走了，以后，我再来看姐姐。"

苏袖儿身子一软，倒在苏向阳怀里，须臾抬起头来看看四周："这是怎么了？我，我怎么在这里？"

"好啦，大家回吧。"杜梨站起来摸着肚皮说，"我去找锦绣做裙子。"

人们从谷仓里出来，边走边感叹这上海娘儿们还真胆儿大，自己肚子那么大了，一点不害怕，又捂着嘴窃笑："她那肚子——谁的呀？"

"就不是个正经货！"

不知谁的一句话，人们又一次想起几年前夏天暴雨后大街上的杜梨。

杜梨从东边来，穿着浅灰的长裤和豆青色的短袖圆领衫，高卷着裤脚，黄泥稀啦啦地挂在她健美的小腿肚儿上，流出一道道纹络。她肘弯里挂了一只填满书和本子的布包,为她秀美的面颊添了几丝书卷气。

她身后是泥河公社错落的店铺和一条看不见尽头的长街,几只燕子在雨后雾茫茫的天空中剪来剪去。有的人回忆起当时的情境,猜测一切可能出于天意。在泥河镇长大的上海女子杜梨在桥东是圣女,过了桥后一眨眼变成荡妇。

谁也不知道桥东桥西这不出百米的距离对于杜梨意味着什么。那时候,全副武装的黄法医已经在身旁摆开的一整套解剖器具中,选出一柄细刀,准备划开死者的五脏六腑,围观的人纷纷驱赶自家孩子。要不是法庭的人在当场解剖和送到医院太平间去这两者之间游移不定,杜梨看到的应该是一具开膛破肚、颅翻颈斜的零碎尸骨。那样,她也许就不会在过了桥后背着众人驻足了片刻后,转过身来,扔了布包,挤进人群,脱下自己的裤裆、胸衣套在死者身上,一丝不着地在众人的目瞪口呆中走在泥河大街上。

当天晚上,黄海农场诗人贾十月站在泥河大街上的两棵槐树下,当众朗诵了题为《惊慌的塔纳托斯》的诗作,其中有几句是:

可怜的塔纳托斯
跌倒在地
眼里
是一朵
闪光的桃花

一周后，画家、黄海农场的美术老师燕非难请朋友们到他的画室，欣赏刚刚完成的油画《小镇戈黛瓦》。画布中央是一个全裸的女子，闪光的小腹、粉色乳尖沐浴在浅灰色调的背景里，身后是几棵青麻和残破的石桥。人们一眼就看出，画中人，就是裸身走在泥河大街上的杜梨。只不过，手中的布包不见了，代之一把开着紫红色花穗的水蓼。

泥河镇上的人，对杜梨是不是全裸产生了分歧。有人说记得清清楚楚，就是赤裸裸，一丝不挂，有人说错了，不是一丝不挂，而是穿了一条裤衩。双方意见在时间中各自分蘖生长，相持不下。持后一种说法的人说尸体根本不需要一条裤衩，并且小唐和胖丫都看得清楚，是直接套上的裤子。但持前一种说法的人立即反击说大波记得清清楚楚，杜梨就是光着走到桥下的，迎着她面走过来的人，还清楚地看到了她私处。

这话传到绿米耳朵里，绿米更加后悔不迭，说为了可惜自己的一只脚底，全不顾门口沸反盈天——就不知道出来看看！

"一群苍蝇！"

绿米说。

争论的人一点也不生绿米的气，看绿米走远，换个姿势接着说，在那时的泥河镇，再也找不到一个比这更成为问题的问题了。持后一种观点的人立即逼迫持前一种观点的人说出都有谁和杜梨走了对面，得到人名后立即走街串巷去证实，结果都说当时是走在了对面,看到那种情势,都把头偏了过去,都是走到桥头才听人说那是杜梨。

最后,人们终于想到了据此创作的画和诗,找来了燕非难和贾十月,但画家和诗人听明白了找他们到来的意思之后,竟然拒绝直接回答,一个当场誊写了自己的诗作,一个返回画室,让人送来了画作。持前一种观点的人指着油画,说:"你们看看,你们看看,这才是真实。"持后一种观点的人反复朗诵了贾十月的诗,郑重指出,诗作中,只有暗示胸部的桃花,并没有写到臀部和小腹。泥河镇上的好多人,明白了什么叫"暗示",什么叫"审美",明白了有些看得见摸得着的东西,并不是"什么事物的真实"。但自此,裤衩问题,终于成为一个无解的典故。后来,泥河镇上的人,遇到什么纠缠不清的事,就把手一挥,说:"不说了不说了,又是个裤衩子。"

杜梨的女儿无垠,成年后回泥河详细调查了此事并且写下了题为《风过泥河》的非虚构长篇作品。有一段说,其实诗人和画家,当时都不在现场。这不是《郑人买履》,而是泥河镇上的人,常常把艺术的真实当作了现实的真实。

泥河就是这么个奇怪的地方,窝在河海交汇的荒地里,连去县城都要在路上折腾大半天,但生活在这里的人,却无比关心这世界上和柴米油盐无关的人和事。成年后的无垠离开泥河,走过了南方北方许多地方,说没有一个地方和泥河一样芜杂奇特,两个打猪草的学生恼了会用"You're a bastard(狗娘养的)"对骂,这源于黄海农场几个分场住了各式各样专业的下乡学生,其中一帮是来自上海学英语的。几个在南湾边洗衣裳的妇女,会对着一湾荷花讨论变焦问题,这源于从青岛来的,开了纽乐芙照相馆的摄影师郭少安。街边卖鱼的小贩,闷极时,会大声朗诵"虽然枝条很多/根却只有一条/穿过我青春的所有说谎的日子/我在阳光下抖掉我的枝叶和花朵",边朗诵边刮着一条鲈鱼的鱼鳞。这是因为小镇上有自称是当今中国最伟大诗人的贾十月。街上的孩子,放学后常常聚在街边,为拉-7战斗机翼展是9.84还是9.74争得不可开交,这都来自镇东南某师的驻地。

无垠认为如果了解了泥河是怎样的一个地方,也就能稍稍感受到一些她母亲杜梨当时举动的隐秘动力。

人们从电视里看到电视台的记者采访无垠,无垠化了妆,和来泥河镇时很不一样,还涂了口红,无垠对着镜头侃侃而谈:"直到现在,夜里睡不着时,我还在一次次想象当时的场景,在脑海中勾勒死者的样子,是长发还是短发?腿有没有足够长?乳房是不是和我母亲那样硬挺?我还一遍遍勾画母亲年轻时的面孔和体态,想象母亲的长裤是哪一种灰,圆领衫是哪一样的青色,猜想母亲以什么样的姿势脱下衣裤给死者套上,是自己完成的还是得到了旁边人的帮助,想象母亲光着身子游弋于灰蒙蒙的大街,如一尾孤单的鱼。"

无垠书里说,在进行足够多的想象之后,很多次,她竟然分不清哪一个是母亲,是走在街上的赤裸女子,还是穿着母亲衣物的、被黄河泥沙卷裹而下的那一个？她甚至开始怀疑自己的身份,猜测泥河彼此心照不宣地向她隐瞒了一个事实:生她的正是沿着黄河来到泥河公社的那个外乡女子,而被她唤了十几年妈妈的母亲,其实是个赝品。想象那个赤裸的死者躺在油布上时高高隆起的肚皮和肚皮下她的悸动。有的深夜,如此的想象让她嗅到了生死拧缠在一起的复杂气味,她能分辨出哪一缕是带着暗紫色或麻灰色的死亡,哪一缕是新绿色或桃色的生机。它们在子时,在无垠的房间里相互扑打撕扯,并在丑时将至前偃旗息鼓,道歉作别。无垠的十二岁和十三岁,夜夜在生死炮火烧灼的战场上狼奔豕突,最后像一只将死的绵羊,在黎明前的薄光中合上双眼,重复做着指认哪一个才是她生母的梦。一个是死的,一个是活的,一个躺在泥水里,一个走在大街上,一致的是同样赤裸。她甚至怀疑一个人其实能死两次,两个人,其实都是她的母亲。

那时候贾十月已经离开泥河,再没有人耐心地和众人解释,什么是赝品,什么是悸动,为什么能靠想象闻得出气味。人们一点也不明白,一致认定,这个奇怪的上海女人,生了个比她更奇怪的女儿。

但人们好像看懂了另外一段话,这段话是泥河中学生物老师白铁军站在大街上高声读出来的:

"直到十四岁,我胸前突起两棵花苞,接着初潮洪水一样泡透了被褥,我才与自己的想象、梦,讲了和。我开始认为谁是我的母亲,对我来讲,并无不同。就像我母亲在镇北野地上枪声响起前跟我说的:不要问你父亲是谁,你是所有人的女儿。从更纯粹的角度讲,人只是人类的幼仔,从死亡中来,到死亡中去。"

人们读到了"所有人的女儿""人只是人类的幼仔""从死亡中来,到死亡中去"时,长时间地沉默,有些什么,从脖颈处往下沉,胸口,好像开阔了好多。

那时候白铁军还没有离开泥河,苏袖儿也还活着,白铁军读这一段文字的时候,苏袖儿正站在人群外,请教李楠楠怎样才能做到平时走路不耸肩膀的问题。

11

后来,被关进看守所又旋即被无罪释放,在外飘摇了好多年的白铁军突然以黄河口地区民俗专家的身份回了泥河。

他告诉大家,泥河人,是没法看懂泥河的,外地人,也没法看懂泥河,只有像他这样,外地人,又在泥河生活过一些年头的人,才有可能读懂泥河人。

有人问他泥河人到底是怎么样的人。

他沉吟良久,说:"就是这么个样的人。"

人们不太明白他话里的意思,但是黑夜里躺在床上想起来,似乎感觉自己懂了点泥河,懂了点泥河人,但一觉醒来,站在门口看着烟气腾腾的大街和天上的云,又感觉,这里与别处,原本也没啥不一样。

无垠在纪实文章中认为,泥河人外表憨直、木讷,骨子里却满是玩世不恭和戏谑,自有一套是非标准和道德准则。泥河人有可能和一块种不出庄稼的盐碱地过不去,翻土浇灌施肥,周而复始,直到长出一行行秧苗,却从来不长久地与一个街邻熟人或者陌生人过不去。无垠解释说不是泥河人爱遗忘,而是泥河人的心胸理念和泥河的荒草地一样广袤平坦,藏不住人性的阴暗。

"泥河不是哲人喜居的楼阁,而是诗人游荡寄生的温床,这里人的喜怒哀乐是碎片化的、易变的,这里人的审美毫无叔本华'世界即我的表象'的原则,主体与客体随时倒置缠绕,颇有《庄周梦蝶》之意味。"

没有人对此发表什么稍稍有点见地的意见,因为《风过泥河》这册书流传到镇上书店里时,当时的主角们已经年老,对此提不起半点兴趣。年轻人都忙着倒货开店打工赚钱,在满大街拥挤着各种轿车的年代,几乎没有人像杜梨年轻时那样对一个新鲜的词语或观点耗费心神了。

白铁军说,这不是好事,但是,也许,是社会发展的必经阶段。

白铁军在北京退休后,没有继续居住在北京,也没有选择回老家南京,而是回了泥河,在当初泥河中学校址旁边一处叫"米兰小镇"的小区买了套带院子的底楼,安度余生,最喜欢的事就是与一条肥溜溜的土狗一前一后到镇东医院家属区找秦如瓦回忆旧日时光。

回忆的核心,是当年夏季暴雨后的清晨,泥河大街上的杜梨。

那天的事,被他们春夏秋冬一遍遍掰碎了,抽成丝,摆在阳光下或阴影里一点一滴地争论、评议。分手时无一不是摇摇头,感觉给不出结实的理由。

"弹指一挥,八万四千生灭,我们俩,往哪一生灭上使劲呢?"

秦如瓦常常用这句话送白铁军出门。

在泥河,秦如瓦,是杜梨最说得上话的好朋友。她俩的友情常遭绿米嫉妒,绿米认为她对杜梨知冷知热跑得腿都要细了,急得头顶要冒烟,还不如秦护士几句站着说不腰疼的话。这时候杜梨就对绿米眯眯地笑,没办法,杜梨拿绿米当亲姐姐,但说起话来,却总感觉隔着几辈子。绿米就更不说话了,她伤心了。杜梨说起来,是上海人,秦如瓦是青岛来的,都是大城市,就她,是泥河镇南不远的下河人,是个乡下人。绿米心里,酸溜溜的,但这并不妨碍她对秦如瓦的好感和友谊。人与人之间,说白了,就是瓜蔓子扯着豆蔓子,一根一根扯起来,才有了网一样的紧实、温暖和情谊。

秦如瓦对绿米说,杜梨生前不止一次告诉她,当那天她把那条浅灰色裤子和豆青色上衣给死者穿上时,感觉比穿在她自己身上更加相衬、舒适。淡绿色的胸衣,她盖在了死者的脸上。杜梨说可惜正是夏天,她没有围纱巾出门,等她回家取了纱巾再返回时,石桥边只剩了一大摊被这个惊慌的世界搅乱的淤泥。杜梨说那天她捧着纱巾站在桥上,第一次切肤感受到了人生的难以如意。也许,就是因为差这一条漂亮的纱巾,死者会上不了天堂。

"杜梨认为上不上天堂的标准,就是漂不漂亮,也只能是漂不漂亮。"秦如瓦对绿米说。

"神经病,你们俩都是神经病,要让我在场,是绝不会让这种事发生。"绿米每次说起来都很生气。

"不是你们,是她好不好?又不是我怂恿她干的,那时候,我们还不是朋友好不好。"秦如瓦嬉笑着为自己辩驳。

"哼,不是一样的人,咋成得了朋友?"绿米说。

"哈哈,你和她不也是好朋友?你也是神经病。"秦如瓦打趣她。

"哼,她拿我当姐姐,你才是朋友。"绿米还是有点泛酸。

"哎哟哎哟,你这是在吃醋吧!"秦如瓦拍着手说。

她们都老了,满脸皱纹,满头霜花,也就年轻时候这些私密的事,让她们恍惚如昨,想起了自己也曾有过的花样岁月、金色年华。

早已离开她们的杜梨,在她们一遍遍的回忆中,当年那些离经叛道的行为,越来越像小孩子的淘气,变得既无关曲直是非,又脱离了彼时的风俗世故,变成了一种独立的,一种纯粹的属于她们两人之间的情感和语言的铺排、反复。

秦如瓦认为,杜梨当时并没有意识到自己的行为会带来什么严重的后果。杜梨可能感觉,一个大姑娘当众脱光了衣服,只是有点不妥而已。但死者缺少一条纱巾,才是天大的憾事。死就只能死一次,而活着,有机会得到一万条纱巾。这种遗憾让杜梨无比难过,之后很长时间都感觉对不起死者。

那天,杜梨取了纱巾来到大街上时,穿上了那件预言似的黑色连衣裙。在泥河人的眼里,雨后的天气,无论从健康、实用还是审美角度,都不应该穿裙子。

杜梨身上的黑色连衣裙在人们眼里已经不再是一件衣物,而是为了挑逗甚至挑衅众人、欲盖弥彰的道具。裙摆下露出的腿和卷起裤脚下露出的那两只脚,尽管都一样白,但根本不是一回事。

杜梨攥着一条杏色纱巾,提着刚才扔到桥边已经沾满泥浆的布包,扑哧扑哧踩着泥水望着街的尽头,谁也不知道她在看什么,看到了什么。

人们的目光落在她白皙的胳膊和腿上,她每走一步,柔软的腰肢带着丰满的臀部扭动一次,从公社大院门口到音像店门前,从太平洋网具店到大同鞋店、悦来客栈,走过每一家店铺,走上西街口的小石桥。

人们的目光雨滴一样打在她身上,叮咚叮咚脆响。而谁也不知道,杜梨再一次出门,只是想给死者围上一条纱巾。

杜梨的女儿无垠,说她是由此开始了对她母亲的一生的思考和再认识,开始思索美在生活和生命中的至高位置。也由此,她理解了母亲所有的心动,也理解了她被枪决的结局。

那一天,杜梨的黑色连衣裙像一件丧服,像是在祭奠自己清水般透明澄澈的少女纯贞。

"吴锦绣根本就不是个东西!"

绿米想起来就来气。

一次,绿米同秦如瓦说起来,说:"你想想,那样的年月,有几个人穿黑色的连衣裙呢?"

绿米把重音放在"黑色"两个字上。

锦绣裁缝铺,秦如瓦记得,当年,泥河大街上,哪一个爱俏的年轻姑娘没去那里定做过衣裳呢?

当年的锦绣裁缝铺在蜈蚣胡同最深处,店主吴锦绣和瘸腿丈夫老高,加高了那条蜈蚣脚上的院墙,冲着胡同口装了两扇玻璃门。店内光线昏暗,搭在两边墙壁上的布匹花纹幽秘暗沉,一块竖长条的镜片,镶嵌在门后的墙上。

那次,绿米看着杜梨将那块黑色的布料扯在身上,对着竖长条的镜子遐想穿在身上的模样。绿米坚决反对用那块黑布做衣裳,更反对做成一条裙子。但杜梨一句话也没说,既没反驳也没同意。老板吴锦绣凭着洞穿人心世事的双眼看透了杜梨的心思,最后在她们没有明说选择哪一块布料的情况下量好尺寸,开出了七天后取货的单子。

黑裙子花光了杜梨去泥河中学图书室上班后第一个月的工资。

绿米说:"吴锦绣一看就不是什么好东西,心眼儿比《水浒传》里的王婆还脏,谁要一出丑她就像过年一样。她要还有一点人心,早就应该用缝纫机把自己嘴缝上。"

"瞧你恨的,她是跟着个瘸子穷怕了,看钱比命还重要。看来,姓吴的,上辈子欠了你两千万,要不,你心软成面样的一个人,能恨她成这样。"

听了秦如瓦的话,绿米笑了:"我才不要和这种人扯上关系,这辈子不要,上辈子也不要。"

绿米说:"年轻姑娘,千万不要穿出格的衣裳。"

绿米认为,衣裳是人的招牌和旗帜。挂什么样的招牌做什么样的买卖。就像她家客栈上的门匾一样,一挂出去,南来北往各色人等谁都知道了是家客栈,都能进入这里的某一间房子逗留。

作为杜梨生前的两位好友,绿米对于那天她因爱惜自己脚底板没有出门瞅一眼后悔不已,并且对那天出现在桥上的人,特别是女人充满了敌意与鄙夷:"死的已经死了,光着、盖着的,还不是一样?为什么要看活着的人出这样的洋相?没有一个人拦一下,不知她们安的什么心思!一群下流的东西!"

绿米每次见到秦如瓦和杜梨的女儿无垠,说起杜梨,都会重复一遍。

后来,谴责在不断重复中升级,到了晚年,这件事在她嘴里,几乎变成众人为了一具尸体扒光了杜梨的衣裳。无垠在《风过泥河》中说也许回忆在时间和人的意识里能够自我生长,任何人,想在过去中搜寻某种有价值的东西,除了也许会感受残存的美,将一无所获。无垠对残存的美做了阐释,她说这不是对美的贬低,因为在她看来,任何一种形式的美,都是残缺的存在,像她美丽的母亲一样。

无垠在文章中用了两章的篇幅讲述那件黑裙子。

"我从来没见母亲穿过那件黑裙子,但见过那件裙子。透过重重时光和我早已混沌的记忆,那件黑裙子像一只蝴蝶,扑动着被年岁磨毛的翅膀,扑棱棱飞过来,又扑棱棱远去。我是在一个傍晚从母亲的衣箱中翻出那件黑裙子的。已经知道爱美的我想抖开它看看它的款式,或者说,看看适不适合我尚未发育的小身体。那件散发着刺鼻的卫生球味儿的裙子被叠成方块状,压得又扁又硬,根本看不出大小和款式。我刚刚用手捏住衣领举起来,她母亲就回来了。

"母亲将山一样的柴捆扔在灶后,大喝一声:'你在干什么!'

"我吓坏了,在我记忆中,母亲从来没有这样大声说过话。我手一抖,裙子掉在地上,我告诉母亲想找一件套在棉袄外边的褂子。母亲的脸慢慢从愠怒中挣脱出来,在我讨好地递上一块湿毛巾后露出微笑。

"母亲脱下脏衣服,接过我递过去的湿毛巾,换上干净的棉衣和翻领外衣后捡起地上的裙子,轻轻抖开,用轻快的声音对我说:'妞妞你看,这是一件裙子。'而后又摇了摇头,说,'太难看了,妞妞可不能穿这么丑的衣服。'说着很快按原来的褶痕折叠起来,放回原处关上柜子。"

无垠说,那时候,她还从来没有穿过裙子。强烈的对美的渴望让她在一个午后,在确定母亲一时半会儿不会回来时再一次打开箱子。她想把那件黑裙子拿出来好好看看,把它贴在她的棉袄外面,在窗台前的小镜子里比画下,看看好不好看。可是,她将箱子翻了几遍,裙子不见了。

无垠说,她母亲一定从她那个傍晚的动作中预感到了什么,并为此害怕担忧。她可能也和绿米一样产生了衣服会最终将人框定的意识,她不能让这件裙子毁了自己的女儿。

无垠在《风过泥河》中写道:"我的母亲,本能而敏感地把自己的女儿罩在母爱的玻璃瓶里,却对自己面临的一切无知而麻木,作为母亲的母亲和作为女人的母亲,大约是两个截然不同的物种。"

无垠没有说错,那个夏季,杜梨对已经发生的事懵懂无知,接下来的好几天,都穿着那件黑裙子上下班,并且很快又去县城重新烫了头发。宽阔的泥河大街上,杜梨身着黑色连衣裙,挺着高耸的胸脯,大波浪长发在夏风中徐徐飘动。这像一部老电影。

杜梨满面春风、趾高气扬,高跟鞋咯噔咯噔敲打着街边斜睨着她窃窃私语的人们的神经。她不知道自己正行走在人们如泥河夏季天气一样诡秘的目光中,行走在她悲与喜的人生拐点上。

"这个骚货,咯噔得我头疼!一个露过身子的货,凭什么在我们脸前招摇?"

刘德秀对邻居马秀银说得咬牙切齿。但其实刘德秀家并不开店,家门也不朝向街上,她家和街面,隔着大同鞋店的门店和后院。满街的流言蜚语让她虚构了一场现实中的搅扰,并且在这场搅扰下痛苦不堪,她拿着风油精盒,一趟趟跑进大同鞋店往太阳穴上涂抹。

刘德秀倚在鞋店的门框上,对马秀银愤怒又无可奈何地嚷:"你瞧瞧,一天抹七八次,还是不顶用,这个骚货!"

刘德秀是在一天午饭时突然豁然开朗的,那天,她端着碗,来大同鞋店门口用午餐,边吃边瞅着街面,但等了很久,也不见杜梨的人影子过来,在她快失去耐心胡乱夹着最后一筷子炖豆角往嘴里送时,突然停下了。豆角上的油水沾在她嘴唇上,很快流向下巴,她伸出舌头舔了舔嘴唇上的油花,拿手背擦了擦,说:"咦,这么个不要脸的骚货,怎么能在学校图书室呢?不怕带坏了我们的孩子?我们必须去学校告她!"

也许,刘德秀以女人特有的敏感,已经预察到了某种威胁。不知道她两年后的秋天闯进谷仓,把在泥河中学做教务主任的丈夫吴震坤的手从杜梨的肩膀上扯开大闹一场之后,回到家有没有摇着头苦笑。

那天中午,刘德秀怀着无比的激情响应着命运的召唤,她不顾马秀银的劝阻,扔下碗筷,风一样跑遍泥河大街,几乎是逐门逐户地宣布她的想法,她来不及走进屋里,只把脖子伸了进去,大声问屋里正在吃饭或刚吃完饭收拾桌面的人:"你们去不去?去不去?什么?吃饭?分不清轻重了啊?你们就这么狠心?这么不负责任?眼见着孩子被带到坑里?真是蠢得要死!"

无垠在书中认为刘德秀敢这样干,是因为杜梨是个上海人,在泥河大街上没有半点根基，没有为她挺身而出的父母兄弟，像一根浮萍一样随着尘世的洪流漂来荡去。绿米听秦如瓦念到这一段，惭愧至极。

谁也说不清楚那天中午究竟几个人跑进了泥河中学校长家属院，但杜梨很快被学校辞退了。从上班到被辞退，一共五十七天，不足两个月。被辞退的杜梨拧着眉头从桥西走来，在人们应验的快感中咬着嘴唇，踢踢踏踏往前走。那时候，她也许还没有意识到那天自己赤裸的身体给了这个世界怎样的想象与冲击，不知道这一切需要她用一辈子的时间和情感来补偿和修复。

"这是个狗日的什么样的世界，竟然被一个女人赤裸的身体割开了个大口子。"

白铁军有次说到痛处，说了句脏话，而后对秦如瓦说："对不起，我说了脏话。"

秦如瓦说："我也是好多年想不明白这个问题，她只是把衣裳赠予了一个死者，她没偷没抢没勾搭谁，连句他妈的不好的话都没说一句，这与那些人有什么关系？"

无垠在书里说："其实每个人都有逼良为娼的冲动，成不成功在于他有没有机会和能力。人性中最恶劣之处，在于每个人都有往道德高地攀爬的本能。他希望别人都对着世界上所有的恶行敞开，那么他自己的败坏就也只不过是与众人一样而已，他稍稍在败坏面前退缩一点，就回到了高地，可以对着脚下的洪水滔天皱起眉头。"

无垠猜测她母亲也许在过后的某一刻明白了自己所面对的现实,但是明白了之后她是选择了继续坚持做自己?还是随俗世放逐?后来的她究竟是哪一种选择的结果或者说她怎样评价自己,谁也说不清楚。对那天傍晚的杜梨来说,中意的图书室生活已成为过去,她沉浸在被学校莫名辞退的懊恼中,看着夕阳下自己长长的影子。也许,她在想,所有的不快会像仲夏那场大雨一样很快过去,那时候广袤的原野上将再次变得干旱,泥河重新成为一条细弯弯的带子。她应该就是这样乐观地想的,因为何建邦第一次看见她时正是那一天,她正提着布包走在街边,与他擦肩而过时,抬头粲然一笑。

马秀银说,公社书记何建邦停住脚,回头看着杜梨,直看到她转过通向谷仓的巷口消失不见,他才扭过头继续向西走去。已经历过两个男人的马秀银断定在这擦肩而过的一刻,这个戴黑边眼镜的、在泥河拥有至高无上地位的男人迷上了杜梨。只是不知道他在疾骤泛上心头的爱意里有没有嗅出死亡的气息。

12

杜梨与燕非难的爱情开始于当年秋季的一个傍晚。

杜梨曾经向秦如瓦细述过当时的情形。被学校辞退之后,杜梨拒绝了农机站站长王文坡农机站保管职位的邀请,她的理由是到一个单位去干,会被辞退,心里别扭。有人说王文坡回去汇报后,何建邦自己去问过杜梨,被杜梨以同一个理由拒绝了。秦如瓦说杜梨一眼就看穿了何建邦的居心,不过,杜梨说,这人挺文明的,不讨厌。

几天后,杜梨租下红太阳劳保用品店的半间门面房卖毛线。里里外外收拾停当,摆好货品,将要开张之时,她才发现,还缺一块门匾。她当即到镇东南角的木材站选了块桐木板,想着去泥河中学请她短暂的同事、生物老师白铁军用红漆写上店名。

秋天的傍晚凉爽舒适,杜梨抱着那块桐木板,向西走在泥河大街上,到了利民水产店门口两棵老槐树下不得不歇口气时被燕非难看在眼里。燕非难当时正围着槐树下的棋摊看热闹,听到了木板落地的沉闷响声。他转过头,看到杜梨头发散乱,搓着两只被木板硌疼的手。

燕非难发出啧啧的感叹:"罪过罪过,这样的手,怎么能干这样的粗活儿?你这是干什么去?"

杜梨早就知晓这个留着平头、在她印象里最不像画家的画家,就是不久前将她赤裸着画到画布上的人。杜梨没见过那幅画,但听人说,画上的人,比她更像她。杜梨曾对秦如瓦说很想看看那幅画,后来她与燕非难交往那么久,想必见过那幅画,不知道看了画后,有什么样的感想。

杜梨告诉燕非难,说要找人写字去。燕非难听后摊开双手,对杜梨说:"你仔细看看,这是个什么?"杜梨对着他打量了半天,说:"是个人。"燕非难哈哈大笑,笑得杜梨莫名其妙。燕非难过后说当时就被她的简单干净打动了。燕非难拿手比画着一个框子,比画了好几次,杜梨才恍然大悟:"啊,是啊,是啊,画家。"杜梨拿手往耳后顺了下头发,扭着身子,嘻嘻笑了。燕非难一手提起木板,同杜梨进了毛线店,那一晚,两个人,都没有再出来。

第二天一大早,燕非难就回学校扛来梯子给毛线店挂牌,大人们都远远地在各自店铺门口张望,一群孩子围在毛线店门口,一边对门匾上飞着卷角的花体字叽叽喳喳评头论足,一边大声问拉斐尔是什么意思。燕非难站在梯子上,并不回答孩子们的话,砸完钉子跳到地面上,看了眼杜梨,回头对孩子们说:"滚蛋,你们懂个屁!"

人们说,拉斐尔毛线店和杜梨一起,开张了。毛线店挂上了牌。而女人们说,杜梨走路的姿势,和前一天,明显不一样了。

无垠写《风过泥河》前搜集素材,了解燕非难时,在搜索引擎上输入"燕非难"三个字,前十几幅出现在百度图片中的画,全是"谷仓中的圣母"系列的画作,这些画作,让燕非难入了当年的国展,第二年入了中美协,第四年去了北京,第七年去了巴黎。

去年10月份,无垠说在网上看到消息,燕非难"谷仓中的圣母"系列第11号画作在法国最权威的维丽雅在线拍卖会上拍出了1.23亿的天价。无垠下载了这幅画的高清版本仔细端量:她母亲杜梨斜着身子,卧在一片金黄的谷粒中,铺散在谷粒上的头发像长长的水草,几欲扶摇。杜梨目光清澈宁静,长长的脖子和肢体映着一层浅淡光芒。无垠写道:"画作上人体的形状,让我想起几年前在某个奢侈品商场看到过的一枚高音谱号形的钻石胸针。"

燕非难在毛线店挂牌的当天,扛着画架住进了谷仓。

那时,谷仓已经名不副实,当季收上来的公粮,都存在泥河公社东南角面粉厂,也就是海以前所在的面粉厂的大仓库中。杜梨家住的也不是整个旧粮仓,而是一场大火后粮仓残存的一小部分。这一小部分四周空阔、杂草蔓爬、灌木葳蕤,疏于打理的院子南边长着高高的蓬蒿和苍耳,原来用作隔离的浅沟夏季存水后会在一夜之间冒出高高的水蓼和芦苇。在无垠印象中,她们家,像住在一座孤岛上。她小时候问过几次为什么她们不住在别人家住的院子里,为什么会住在这么个奇怪地方。无垠说杜梨听了她的话后总会长长地叹口气,告诉她,就算这么个奇怪的地方,也是她外婆拿命换来的呢。无垠问为什么是外婆拿命换来的,她母亲就再叹口气,不愿往下说了;或者说她还小,等她长大了再告诉她。

无垠说也许是受她母亲的影响,她从不认为追查自己的血脉有任何意义。人是文化的人,是精神意义上的存在,自我降低到血统标准,是家禽家畜养殖者干的事。她乐于相信和接受母亲当时的话:她是所有人的女儿。

无垠怀疑燕非难当时真是采购了大量的稻谷撒进了她们家。她小时候,她母亲有吃"活米"的习惯。杜梨说,米脱了皮半个月是活着的,半个月之后,就开始死,就不新鲜了,也没有那么多营养了。无垠问什么时候才完全死了,杜梨说,三四个月吧。杜梨说这是听她父亲、无垠的外祖父说的。无垠知道了外祖父是一位农业科学家,外祖母是图书馆管理员,他们原本生活在上海,她的母亲也是在上海出生的。她的外祖母抱着她母亲,由护士们推着从产房到病房的走廊外面,一笼杜梨正开得欢实,外祖母问外祖父是什么花,外祖父说,杜梨,嗯,是棵好花,就叫杜梨吧。无垠听到这儿问她母亲是不是她出生时窗外开着无垠花,她母亲就笑了,说:"无垠不是一种花,而是——而是什么意思呢?就是很大,大到无边无际的意思,希望你的人生开阔,没有、没有……你长大了,就明白了。"

绿米告诉无垠,她的外祖父是在动乱年头被撵到泥河来的,因为他拒绝在亩产八千五百多斤的实验报告上签字,还说了很多不合时宜的话。外祖母是自愿跟着外祖父来到泥河的。一开始他们都在黄海农场劳动,后来外祖父腰受了伤,被安排打扫清理粮仓院子。

成年后的无垠,时常想象她母亲与燕非难在谷仓中的情境。

那时候,杜梨像一粒饱满的谷粒,圆实紧致,洁白郁馥。谷仓中的圣母系列画作,有正午画的,杜梨脚边,阳光的投影像一块砖,她光洁的小腹和坚实的乳房都沐浴在暖色之中;有傍晚画的,整个画面暗哑深沉,杜梨站在一块蓝花布上,伸手抓着一根从天而降的绳索,除了朝外的侧面和乳尖稍有亮色,其他隐在薄灰之中;有晚间画的,灯光将杜梨的上半身照得透亮,她头向后仰着,下巴高高抬起,下身潜入汹涌的黑暗,旁边两只熟透开裂的石榴将整个画面带入欲望的悬崖;有冬天画的,光束穿过积雪的窗台,洒向杜梨的腰腹和身旁的稻谷,一直打上几近房中央裸地上的一只绣花兜肚;有春天画的,透过杜梨肩膀上的窗口,看到谷仓外围地上的小草嫩芽和再远一点的烟柳。任何一个人,都能想象画家的目光和手指怎样在画中人胸腹之上游走、探索,生命的深邃、神秘、欲望几欲溢出画外。

绿米后来回忆说,那两三年间,燕非难长在了谷仓里。他的妻子、黄海农场一分厂出纳员吕小葵几次到农场中学领导处哭诉,要求校长出面干涉。那个光头宋校长,几次找人通知燕非难到他办公室未果后跑到谷仓找燕非难,门拍不开,宋校长趴在窗户上往里看,裸身卧在谷堆上的杜梨把他看呆了,他竟然没有发现燕非难已经转出门口拽起了他的衣领子。

组织指望不上,吕小葵只好亲自出马,发现毛线店关着门后,跑到谷仓对杜梨谩骂折辱。

无垠在书里写道:"多少年过去,女人们对所谓'出轨'的态度一点没变,除了对男人一哭二闹三上吊,调集七大姑八大姨轮番施压,最重要的、最出气的办法,还是去辱骂殴打'出轨'对象。什么时候,遇到这样的问题,婚内的男女能坐下来心平气和谈一谈,再不把'出轨'对象纳入谈话的要素,也许,才会体现出婚姻文明的一些进步。"

进入 21 世纪,好多评论家看好无垠的写作。北京一位张姓教授、著名文学评论家,称无垠的《风过泥河》是庚续了废名的"莫须有先生"系列小说的文学传统,是一部无视文体、边界,毫不掩饰主体姿态的非虚构小说。据说,某届国家级的文学奖评选上,《风过泥河》得到了很高的评价和票数,但最终,在一位贾姓评论大家以"看不出任何家国情怀、底层叙述、现实主义"为由的反对下被拿下了。终评会因为贾、张两位评委的当堂对仗闹得全国文坛沸沸扬扬,传说张教授当面批贾评论家不懂小说,是假评论家,贾评论家恼羞成怒,端起面前的热茶泼了张教授一身,张教授摸起旁边于姓评委的手机砸过去,贾评论家的额头立时开了花。

无垠不久之后收到了贾评论家的亲笔信,解释说他毫无低看她的作品的意思,外界存在不少误会,还鼓励她多读书,深入思考,一定多写,说坚信她有一天会写出"伟大作品"。无垠没听说过这位贾姓评论家,从没想过写出什么"伟大作品",无垠读后把信纸和信封随手投入了垃圾筒。

接着,某网站文学频道的一个夏姓记者几经周折寻到无垠住处,采访了她,确定杜梨确有其人,她又确实是杜梨的私生女之后,拿出一份出版合约,说要全方位包装和宣传无垠的作品,写一部,出一部,还要拍成电影和电视剧。无垠以时间不充足为由婉拒了。她猜她签了合约后,书名一定会被改成《我母亲的 N 个男人》或者《一个风流女人和她的私生女》之类的题目。

"所有的圈子,都是江湖,你只要一张嘴一动眼珠儿,就会有世事洞明的投机分子找上门,以给你提供各种机会和利益为由不断地压榨和剥削你,使你成为他们利益链条上的一根螺丝。有些像现下的男女关系,只要你动了心,将信任和热情交出去,就会使自己陷入万劫不复的境地。"

无垠说她不屑于这些评比,无垠不是专业作家,也不是鬻文为生的自由撰稿人,而是某航天科技控制研究院的研究员,专业研究石墨烯航天传感器。她写作,只是想更多地了解她的母亲杜梨。

泥河人知道了无垠的职业,都不胜感叹,说:"真看不出来,那么个黄黄干干的丫头,竟然干这样的大事。"也有人嘀嘀咕咕:"军方背景吧,怪不得来去都像阵风。"这时就有人不怀好意地笑,接过话茬:"看来,陈参谋还是有些根基呀。"

那时候,陈新野也老了,已经又回到泥河近二十年,已经早把谷仓推平,在原址上建起了座椭圆形半开放屋顶的现代建筑。这是他与黄河口著名的摄影家、中国摄协金像奖获得者、纽乐芙照相馆老板郭少安唯一的徒弟路不平合建的,门口挂着"黄河口影像文化研究院"的铜牌,落成时,市委宣传部长剪彩,县委书记、镇党委书记分别致了辞,一大批本地的文艺界人士都参加了。

建筑内西边占建筑主体多半部的是展厅,错落有致地悬挂陈列着黄河口地区有史以来能搜罗得到的意义重大的影像资料,靠近东南角作为办公室和卧室而间隔起来的几个房间门口,则挂着"谷仓中的圣母"系列中三幅画作的复制件,是燕非难自己摹的,作为开院贺礼。

人们已经忘了这里是当年残破荒芜的谷仓,忘了那年夏天,谷仓门口的那场悲剧和闹剧。

谷仓卧缩在一片青葱之中,吕小葵怒气冲冲顺着谷仓外围放射状的小路闯了进去,惊起一片又一片蜂蛾虫蝇。在吕小葵的叫骂声中杜梨红着脸打开门,燕非难整理着衣裳站在门内看着。泥河镇上的人说,那天,燕非难的身后,横卧着一丝不挂的杜梨的画,就是后来拍出了天价的"谷仓中的圣母"系列第11号画作。吕小葵丝毫没有被画中的美撼动,她怒不可遏,冲过去对杜梨拳打脚踢,把杜梨拖到门外,揪下半把头发。杜梨自始至终都没有反击,也没有躲闪后退,而是低头弯腰,本能地护住头脸和胸腹,在吕小葵暴力殴打的间隙往地上吐嘴里的血。也许,杜梨表现出的柔弱更加刺痛了吕小葵,陷入暴怒和绝望深渊的吕小葵后退几步,疯狂地冲向杜梨,把她压在地上,照着胸腹一通踩踏。第一批听到动静赶到的人说,一开始,燕非难站在门口,一动不动,在吕小葵打累了,到谷仓扯他回去时,他长啸一声,高高扬起画笔扎进自己的肚子。

吕小葵尖叫一声,跌倒在地。她的旁边,杜梨正双手捂着下腹,身下的地面汇集起越来越多的血水。吕小葵哇的一声号啕大哭起来,像受够了世界上所有的委屈。等人们七手八脚地把杜梨和燕非难送进医院,她哭得没着没落,才爬起来回家了。

或许,女人的直觉让她感觉到了腹中的悸动,所以她低头弯腰,本能地蜷起身体护住腹部。但已经晚了,本该是无垠的哥哥或姐姐的那个孩子,在吕小葵铺天盖地的暴怒中化成了一摊血水。杜梨在听到医生说她已经小产后伤心地哭了起来,越哭越痛,把三楼外科病房的燕非难哭了下来。燕非难围着她的病床转了几圈,说:"这个刽子手!"

燕非难穿着病号服,捂着肚子,到法庭起诉离婚。

从此,杜梨被吓出一个毛病,隔三岔五,就到医院检查有没有怀孕。这一行为,让她更加成为泥河大街上的笑柄。20世纪80年代末的泥河镇,就是婚后受孕检查,都偷偷摸摸的,生怕人家知道后笑话。一个未婚女青年,竟然频繁而大张旗鼓地去医院查孕,并且毫不避人。有好多人怀疑,杜梨是不是脑子坏了,丢了根筋。

而燕非难,伤好了,婚也离了,再次回到谷仓,拿起画笔时,却发现每一根线条都不对头了。

他不知道是自己出了问题,还是杜梨出了问题,反正有个地方出了问题。他发现杜梨总是有意无意地把手捂在小腹上,他摆好的姿势维持不了几分钟就完蛋。光线也不行,稻谷也不再金黄。后来的12—17号作品,他自己说是赝品。无垠说看到过燕非难在《艺术鉴赏》上发的一篇文章,探讨的是一个画家抄袭他的问题。他认为艺术家,在技术和风格上成熟之后,唯一的指望就是等待上天喻示。伟大的作品无一不是作家无意识的产物。没有这种神示,画就死了,作品只是艺术的尸体而已。只有神性才能成就真正的画家。而绝大部分画家都在自觉不自觉地抄袭自己。

几个艺术理论论坛和艺术圈知名博客都转了这篇文章。有人认为是真理,有人认为燕非难在哗众取宠,故作高深。但不论怎样,确定的一点是,燕非难那时候就知道再也创作不出更好的作品了。他放弃了人物画,改画静物和风景,将"谷仓中的圣母"

系列的11幅画作隔几年拿出一幅。这一系列画作,在国内展出3幅,其余8幅,2幅在美国首展,2幅在西班牙首展,其余在法国首展,直到2012年,才展出11号作品。

无垠推测,燕非难断定自己再也画不出更好的画那一刻,与她母亲杜梨的爱情就结束了。

但绿米不这样看,绿米说燕非难在去北京之前,仍然经常来谷仓画画,还送杜梨礼物,甚至与另外三个人一起,帮杜梨大修了一遍房子。无垠没有争辩,她知道她与绿米,对"爱情"两个字的定义不同,再讨论,也是鸡同鸭讲。无垠认为燕非难之所以还常来谷仓,维持着外人眼中恋人或者情人的关系,除了"人都是感情动物"这一基础因素,还有对杜梨流产的亏欠,另外,他可能还抱着试试还能不能找到昔日灵光的侥幸心理。无垠在推特上看过一段他接受一位法国记者采访的视频,视频中他说:"一个真正的艺术家,艺术才是真正的生命,爱情、名誉,甚至自我的生命,只不过是艺术的基质和附丽而已。"

绿米说燕非难在杜梨流产之后,动过娶杜梨的心思,并且决定按照传统习俗,委托绿米做名义上的媒人。绿米几经考虑,挑了个晚上去谷仓找杜梨选毛衣图样,挑图样过程中闲聊时将燕非难的意思说给杜梨。杜梨扑哧笑出声来,说:"结婚?什么意思?要让我和吕小葵一样跑到他相好的那里骂街撕人头发吗?"

绿米说那时候杜梨已经不止跟燕非难好了,已经有好几个情人。无垠曾经问过都有谁,绿米说其实她也闹不清楚。

但确定的是,杜梨可能也知道她与燕非难的爱情,已经随着燕非难在画架前深一口浅一口长一口短一口的叹气,随着她时刻对有没有受孕的关注,烟消云散了。而后对燕非难的接纳无非是一种惯性或她在外人看来"败坏"而让人无法理解的"怪异"。

绿米认为杜梨虽然聪明,却是个不开窍的人。无垠也从她这句话中,知道绿米虽与杜梨是很要好的朋友,但自始至终,绿米是不理解,也不可能理解杜梨的。绿米在骨子里,是朝着一个好女人方向努力的,但造化弄人,三嫁之后,还是没能寻到落身之处。杜梨则不然,她是完全按照自己的心性行事的,对绿米来说她简直是傻得没丁点算计。

"那几个男人,她抓住任何一个,都能依靠一辈子。"绿米说。

但杜梨似乎谁也不想抓住,虽然她身边的男人越来越多。谷仓周围杂草丛生、灌木纠缠的荒地上,开始出现一条又一条小路,春夏草木茂盛之际是不容易被发现的,秋天来临,蓬蒿在渐起的东北风里枯萎摧折,荆柳落光了叶子,谷仓四面八方放射状的小路显露出来。人们的讥笑、辱骂与诅咒,也顺着小路,箭镞一样朝谷仓飞。人们看到开音像店的大波、街上混混武沈阳、泥河六队渔人陆乘风、中学教务主任吴震坤、公社派出所小汪、公社书记何建邦、来泥河养虾的苏北人孙少红……白天晚上,都有人到谷仓去。谷仓中常常传出杜梨与不同男人的嬉笑怒骂。而画家燕非难,据说早就在住院期间,与护士秦如瓦好上了。

13

与杜梨的情事同时火爆起来的,是她毛线店的生意。

夏末的时候,杜梨在满大街人对她品行的指摘中把整个红太阳劳保用品店盘了下来,不等消息传遍大街,店面已经装整得干净漂亮,各式各样的毛线按照橙赤黄绿青蓝紫黑白花的顺序排列在货架上,柜台中还出现了二十几种教授编织的书籍。巧手的杜梨按照书上的样子每个织三个完整的花色摆到另一边的柜台里供顾客参考。粗细不等的毛线都标着一寸长度的成品需要的针数。

杜梨独特贴心的服务,使毛线店生意随着天气渐冷如火如荼。连最讨厌她的刘德秀也没能经受住那些花色的诱惑,一气织了三件毛衣。而不久之前，她刚刚因为杜梨和她做教务主任的丈夫吴震坤的传言跑到毛线店和谷仓进行了辱骂。刘德秀叫骂着，看到杜梨低着头站到了门口，骂着骂着，又突然看到杜梨扶着门框展颜朝她一笑，那笑中洋溢着由衷的快乐，妩媚嫣然。刘德秀住了口，朝身后看了看，感觉自己眼花了。后来杜梨又笑了一下，并且用手捂在嘴上。她感觉受到了更大的污辱，向前冲了几步，将手高高扬起，扬了一会儿后又慢慢放下来。后来她对人说，那一刻，她拿不准杜梨与她丈夫到底有没有私情，也许，只是那些口舌该生疮的老婆们瞎造的。

那天晚上，泥河大街上的人看到刘德秀披头散发从家门口蹿出来，哭喊说吴震坤要杀人了。刘德秀又一次把自己的丈夫向杜梨身边推了一步。但有人说刘德秀那天其实并没有动手，是杜梨隔三岔五地到医院查孕的行为让她害怕，怕杜梨真要怀孕了，再把她打流产，太损阴德。事实上后来再没有人对杜梨动过手。泥河人相信人命关天，再酸的醋再嫉妒的火气也不能让自己沾上人命。一个手上沾了血的人，比德行上不济的人更加让人恐惧。

充实的生活让杜梨的脸一改往日的苍白，红润丰盈起来，如同泥河大地上的稼禾一样迅速在清澄的天气里抽穗灌浆，籽籽粒粒在某个午后坚实饱胀，壮硕非常。同时丰盈起来的还有她的乳房和肚子。杜梨和泥河两岸每一个勤劳的农人一样，那个秋天，收获了大量的财富、收割着五颜六色的美，可杜梨除了这些，她还收获了一个女儿。

无垠在母亲肚腹中听到了母亲咯咯地笑起来,听到母亲哼着《在希望的田野上》用新打的绿豆煮粥,听到田野中豆荚噼噼啪啪地爆裂,听到泥河水哗啦啦一气向东,听到母亲杜梨和陈新野在谷仓中窃窃私语。

陈新野站在谷仓梁下的一只板凳上为杜梨扯一只白炽灯泡。杜梨站在地上,一只手托住后腰,一只手拿着一只巨大的梨,像一只鼹鼠那样,用两排细密的牙齿嚓嚓嚓地啃着,提醒陈新野小心别电着。杜梨管陈新野叫野,无垠听到她母亲说:"野,当心!"她母亲还说:"野,好了没有?下来吃梨。"陈新野不作声,他正咬着电线,用一把小锤子往梁上钉一只钢钉,然后把电线用一根胶线在钉子上缚住。做好这些后,无垠听到陈新野嘭的一声跳到地上,她的母亲则惊叫起来:"呀,小心呀,看崴了脚!"

陈新野在门后的脸盆中洗了手脸,不一会儿无垠就听到两只嘴同时嚓嚓嚓将一只梨咬得汁液四溅。陈新野把她母亲抱起来放到床上,她母亲捂着肚子,说:"小心。"陈新野说:"就抱一会儿。"她母亲在陈新野怀里说了好些情话,他们还算了一会儿她什么时候出生。她母亲说九月份、十月份吧,陈新野说:"那就十一吧,也不差那几天,生一个爱祖国爱人民的好孩子。"说完陈新野嘿嘿地笑了。她母亲说:"你笑啥?又不是你的。"陈新野说:"再胡说小心揍你。"她母亲咯咯地笑起来。陈新野却叹了口气。她母亲问:"怎么啦?"陈新野又叹了口气,坐起来开始抽烟。她母亲却一合眼,睡着了。她母亲做了一个梦,又一次梦到泥河滩一片金黄,梦境像长镜头,由远及近。肚腹中的无垠看到赤裸着小小的身子的自己和母亲并肩站在河岸上,看着她母亲的母亲、她的外祖母在河岸的野草中躺着,昏黄的河水冲击着沙岸,冲击着岸边外祖母赤裸的身子。她母亲松开牵着她的手,脱下上衣向河滩上跑去,双手扯着衣领两只角向她的外祖母罩过去——她母亲的手触到的,是冰凉的泥沙,河滩平展金黄,几只小蟹在她的梦里爬进爬出。

"哦!"

杜梨醒了。

"天哪,我还当在河滩上。"

无垠听见杜梨对陈新野说。

陈新野还在抽烟,回过头来,看着杜梨叹了口气,扔掉烟蒂,说:"我明年转业,带你回子长。"

杜梨哭起来,嘤嘤的哭声让无垠心都碎了。杜梨哭得欢实,一面哭一面扑进陈新野怀里。陈新野搂得杜梨那个紧哟,无垠都快喘不过气来了。无垠翻了个身,踹着杜梨的肚皮。杜梨挣脱开陈新野的胳膊,止住哭声,抚摸着腹部,说:"哎呀,真糊涂,这时候可不能哭哟,让娃娃听见。"陈新野说:"是啊,这时候怎么能哭呢?"杜梨说:"还不是你?"陈新野站起来,穿上上装,扣严衣领上的风扣,对杜梨说:"你等着!"

有次无垠回泥河过春节,绿米跟她说起这些来,说陈新野大概是杜梨唯一动了心思要长相厮守的人。无垠问绿米,自己是不是姓陈,绿米说:"你妈不在了,这个,只有天知道。"又说,"但也许,你妈自己也不知道,她傻得自己耳朵有几只都不知道,还知道这个?"

杜梨与陈新野,初次见面,在农历七月十四夜里,似乎,注定是一场悲痛。

那天晚饭后,杜梨提着一只装着供品和纸钱的篮子,到公社北水塔下的十字路口祭奠父母。到了镇北,杜梨在小路口选了一小块没有草菜的敞亮处,抬头望着天空中一轮明月,摆供品的手禁不住颤抖,满身心被悲伤攫住,而后坐在地上号啕大哭。

那一刻,杜梨突然明白,原来悲伤,也需要仪式。平日忙啊忙啊,虽心底那么沉,但终不适宜悲伤,更不适宜大哭。明月微风,四下阒寂,向北看是高高的梧桐苦楝子树和耸入夜空中的黑塔,向南方看是月下尘烟落定的街巷,天地不言,徒遗悲伤。

雨后初晴,杜梨哭到痛处如滔滔江河,汹涌呼号,哭到伤处如风过竹丛,呜咽悠长,想到自己的处境如埙开十孔,婉转凄凉。哭啊哭啊哭累了,她伏在地上抽抽噎噎,头昏脑涨,衣裤已被雨地洇湿,腰腿酸麻,她擤一把涕泪,挣扎着从地上爬起来,扶着路边的一棵树缓解了会儿头晕后,回身提起篮子,想收拾好供品碗筷返回。

"你忘了烧纸钱……"

陈新野还想说,还有你的竹篮,但还没来得及说下句,杜梨尖叫一声,急转身往后跟跄几步,咕咚一声倒在地上,晕了过去。

陈新野家在镇东南,每年到七月半,都来镇北烧纸钱,镇南熟人多,怕人看见说他思想不够纯洁,带头搞封建迷信。他来得早,烧完纸钱后,站到路边抽一支烟,刚掏出烟来,没来得及点,借着月光,看到有人过来了。陈新野不想让人认出,就避到一棵树下,原想烧纸钱开始后,借着来人专心拨拉烟火不太注意身边的动静时,就溜回去。但谁知道杜梨悲伤过度,竟然哭了个昏天黑地,陈新野先是诧异,后感觉这样走了有点不太对头,就点上烟吸着,看杜梨哭。谁知杜梨哭昏了脑袋,竟忘了烧纸钱,看样子连篮子和盘碗都要忘了带回,他才禁不住提醒。

看到杜梨倒下,他不禁哈哈笑起来,边说着对不起边跑过去搀扶,一拉杜梨的胳膊才发现人晕了。

陈新野抱起杜梨一路小跑到黄海农场医院。

那夜值班的护士是秦如瓦。

陈新野大喊秦如瓦大夫,秦如瓦说丘大夫刚刚还在,现在出去了。秦如瓦叫陈新野帮着蜷起杜梨的身子,正要掐人中呢,杜梨醒了。杜梨醒来嘴里叫着:"快,快!"说着开始脱上衣。杜梨雪白的肚皮和杏色的胸衣把陈新野吓得背过身去。经验丰富的秦如瓦抓住杜梨的手掐了一把,说:"醒醒,醒醒。"杜梨才真正醒了。她看看秦如瓦和陈新野,又瞅瞅急诊室,慌忙扣上刚解开的上衣扣子,擦着满脸未干的泪痕,说:"天哪,我还当在河滩上。"

"天哪,我还当在河滩上",是杜梨从梦中醒来经常说的话。小时候,无垠在外面跑累了,夜里常尿床,她母亲被溽醒,边把她移到别处,边说:"天哪,我还当在河滩上。"

后来,这个"当在河滩上"有时候,竟然发生在白天。无垠要看她母亲长时间地盯着某一处看好久,或者干着什么突然停下手发起呆来,这时候无垠去打搅了她,她就说:"天哪,我还当在河滩上。"

河滩是蚀刻进杜梨骨髓的东西,不只是个名词、概念,还是一个深不见底的黑洞,任何不能清醒掌控自我的瞬间,随时会跌入记忆深处的渊薮。无垠认为,她的母亲杜梨,余生,都在逃离这个河滩,逃离早已显现出蛛丝马迹的宿命,但河滩,像只无形的手,分秒把她攥在手里,直到一声枪响,她倒在河滩上,流尽最后一滴血。

无垠认为她母亲悲剧的内核,是从来没有认真审视过自己的内心,没有思考过自己的来处和去处。杜梨在泥河,曾光鲜无比,出尽风头,曾有过那么多情人,但最终,她的根,并未扎进泥河的黄土中,如一棵错落入瓦罐里的丝瓜蔓,努力吸取阳光水分,但结局,也只能开出一朵什么都结不了的"谎花"。

在无垠幼时,灰蒙蒙的岁月里,多少个夜,无垠常迷迷糊糊听到母亲惊恐地叫一声,又迷迷糊糊睡着。直到无垠成人,直到现在,一说起河滩、沙滩、海滩,第一时间跳入她脑海的就是记忆深处她睡觉时铺在身下的一床蓝花小褥子,又细滑又柔软,被她尿湿后第二天放在门外蓬蒿荆柳的顶端晾晒。那时候,让她最好奇的,就是听起来有水的各种"滩"——母亲常说起,可见是个好地方。泥河公社往东四五十华里是渤海,在镇南的泥河岸边爬上渔舟,解开缆绳,即使你什么也不做,也能顺泥河而下,漂流进渤海。泥河到渤海边霞光鱼铺的路上,每时每刻人来人往,热闹非凡。但是,她从来没有见过大海,没靠近过任何一个"滩"——她母亲看得紧,绝不让她单独去泥河边,更别提大海。在她母亲看来,成片成片的水,异常可怖。

无垠记得六七岁时,跟她母亲去南湾洗衣裳,她站在湾边,看着望不到尽头的水,激动地喊:"啊,这里还有海!"她母亲先是笑弯了腰,而后阴下脸,大半天没再吐半个字。直到她要外出上学,绿米来给她做棉被、整理行李时,才告诉她,她母亲不让她去水边,是因为她的外祖母就是被人推进南湾,而后随着水流冲进泥河溺死的。最后她的外祖母被冲到了河滩上,绿米说,像一条搁浅的梭鱼。绿米说如果不是泥河肚子里那片菖蒲,她的外祖母很可能就会被直接冲进渤海,尸骨无存。

那时候,无垠在心里,把绿米当成母亲依赖。秦如瓦也经常到谷仓中来看她,给她带好多泥河大街上买不到的新奇吃食和玩具,但在她心里,总感觉秦如瓦那么捉摸不定,像天外的一朵云彩。成年后,无垠想,秦如瓦在泥河,说到底和她母亲一样,始终没有将根部扎入泥河的水土,风一来就摇摇晃晃,根本没有长成强壮的植株,不具备让人依靠的力量。这一点,她们和绿米,都不一样。绿米虽命也不济,但她的凄苦,也沿着根须渗透到了大地上,让她像根千足草,坚韧而茁壮。

"登月、黑洞、人工智能,科技已然十分发达,但直到眼下,人类还脱离不了土地上长出的枝叶和果实,离不开大地、阳光和空气——除了新生和死亡,其他的一切,只是人类不成熟的游戏。

"但另一方面,游戏,有它的规则和特有技艺,更有它规则中的黑暗和邪恶。因为游戏的背后,都有一个或多个设计者。游戏的最终目的,都在游戏之外,游戏的参与者,无一不落入设计者早已撑开的巨大口袋。"

无垠说这个口袋长着尖利的巨齿,把她外祖母、外祖父和母亲,一口吞了下去。

泥河的老人们都还记得,无垠的外祖母是为了一捧麦粒送的命。

那年杜梨五岁,由于营养不良,甚至没有长出咀嚼齿。当时整个泥河公社淹没在一片干咽口水的混沌声中。今天这一派占了上风,明天又被另一派打倒,公社驻地北边的土台子上,各色人等,上上下下,今天坐在台上桌子后面指挥"战斗",明后天又被揪到台前,脸上涂上灰,头上扣上高帽。你方唱罢我登场,黑脸白脸不断变幻。但老百姓,没有一家能吃饱肚子,杜梨的母亲饿得再也产不出奶水,杜梨早已经饿黄了眼皮。

无垠的外祖父母是打扫粮仓的,近水楼台,能不能得月不说,早已在眈眈虎视之下。现在已经不可能知道她的外祖父母中哪一个向粮仓伸出了手。确定的是某一个夜晚,早就把眼瞪得生疼、烦躁不安的人们看到谷仓屋顶冒出白烟。

那缕白烟,在黑黢黢的夜中如一道闪电灼伤了人们的眼睛,又像一支强心针,本来饥饿得有气无力、头晕眼花的人们一下子获得了不可思议的力量。人们闯进谷仓,冲进她外祖父母的居室,掀开锅盖瞧一眼凿实罪状,然后一镐头,将锅盖连同铁锅、铁锅里正在胀大变得熟软的麦粒砸进灶灰里。

"真是知识越多越反动!"

"横扫一切牛鬼蛇神!"

"敢向粮仓伸手,砸烂他的狗头!"

群情激奋。

无垠的外祖父母瑟缩在墙角,手足无措。他们原本就是犯了错误被发配来泥河的,偷粮的罪名坐实,会罪加一等。

人们挥舞着锄镰锨镬,厉声叫喊是谁伸出了黑手,坦白从宽发落,抗拒自取灭亡。有人已经剪起她外祖父的两只胳膊,押着他往谷仓外走。

"放开他,是我偷的!"

她外祖母关键时刻挺身而出说是她偷了粮仓里的麦子。

一个外省女人,不好好劳动改造,竟将黑手伸向公社粮仓,该当何罪!人们义愤填膺,将她外祖父蚕到地上,回头来抓她外祖母。这个个子不高、苍白瘦弱、下巴上有颗黑痣的外省女人高喊一声后反倒镇定了。

"孩子没长全牙,咀嚼不了那些。"

她外祖母说着仰了仰下巴,人们扭过头,看到门后水缸盖着的笊篱里搁着一只攥成小团的碱蓬种子。也许,这句话,瞬间已经在她外祖母脑子里过了好几遍。她感觉,这句话,最能减轻她的罪过:她是一个母亲,哪一个母亲会眼睁睁看着自己孩子饿死呢?

她至死想不明白为什么这些人听了她的话,突然像要爆炸。

"我们的孩子也吃这些,难道你们上海的孩子就比我们的孩子金贵吗?"

"好一张狡辩的臭嘴!"

"滚回你们的上海金贵吧!"

怒不可遏的人群潮水一样裹挟着无垠的外祖母出了粮仓,无垠的外祖父喊叫着跟了出去,他没有看到自己的女人在推搡中被多次绊倒在地后又迅速而粗暴地被提了起来,甚至,他都没听到一声哭泣和求救。他跟在后面,踉踉跄跄,不知道嘴里喊着什么。一直出了西街口,他才突然想起家里还有孩子。

这个悲怆无措的男人跑回家抱上他幼小的女儿追出去,出了西街口看到南边晃动着游魂一样的黑影,他高叫了一声女人的名字,无人回应,人影也忽然间消失得无影无踪了。

无垠说她几乎看到了外祖父抱着五岁大的母亲在大街上的情景。

父女俩在泥河公社的大街小巷转了整整一夜。她外祖父拍打每一扇门和窗户,大声问她外祖母在哪里。没有人回答他。被惊起的猫蹿上墙头,护门的狗噌地从墙角站起来,汪汪几声躲到一边去。一牙弯月悬在天边，四下一片高低错落的黑，街巷两旁的院落和门店，静得可怕，门窗在夜幕中洞成一张张吃人的嘴。

外祖父在参差深浅的黑色中踉跄着，一腿一脚踩进黎明。他的女儿伏在他怀里，有气无力，像一把搭在肩头的麻绳。她外祖父顶着淡薄的晨曦嘶哑地询问每一个早起的行人，人们慌乱地摇着头，躲避到街巷的另一侧去。父女俩，如两只组合契当的木偶，机械地在泥河的清晨里嗒嗒地来去。从地平线惨烈脱胎而出的太阳泼洒下血红的光，父女俩在血色中拖出长长的影子，足有整条街那么长。不祥之感让晨光中的外祖父目光空洞，嘴唇发紫。几只野狗尾随，与迟迟不肯倒下来让它们饱食的父女如战友般亲密。

人和狗，走啊走啊，人喏嚅着吐气，狗焦躁地龇牙。直到太阳老高，从当初的血盆变成一只烧透的铁鳌，炙出外祖父额头上仅有的油脂，外祖父才被从海铺上归来的渔人陆不平引到泥河滩上，看到了赤身裸体的外祖母。外祖父的身体像煮瓢的面条一样啪嗒贴上泥滩，他怀里的孩子，仰面摔在河滩上，发出猫一样的嘤嘤声。

无垠的外祖父死于两年后另一场人为的灾难，他咽下最后一口气之前指着粮仓屋顶，又像指着屋顶外的虚空对纸草店的老西说，是谁？谁在黑夜中伸出了手？

无垠的外祖父死不瞑目：他的妻子，究竟是被谁推进河水的？

无垠说，外祖父临终的问题也是她的问题。她看过好多人说人类最高的德行是饶恕,她相信这句话是对的。但饶恕的前提是有人承认自己是凶手,坦诚说自己犯了罪并真心悔过。无垠在书中说:"凶手们,我想代表我的亲人们饶恕你们,但你们在哪里呢?推我外祖母入水的凶手一天不被找出来,我外祖母、外祖父、母亲的在天之灵就一天也无法安宁。我无意对我的亲人们做好的道德评判,但最基本,他们是受害者,他们遭遇了与他们所犯的错误(如果有错的话)相比过于残酷的惩罚。每一种罪行都有与之相对的适宜的惩罚,没有一种罪名针对仅仅为了果腹、活下来而设立。说到底,说我的外祖父母死于暴力和残忍不够贴切,他们是死于一场闹剧。"

无垠认为闹剧比悲剧对社会、个人的毒害更大,因为后者容易引起当事者反思、忏悔,而前者常常披着混乱纠缠甚至热闹非凡的外衣,颠倒秩序与认知,且不容易被严肃追查。

可惜,杜梨没有自己的女儿思考和认识这块土地、土地上的人们的方法和深度,河滩在她五岁的心灵里成为比地狱还黑暗的所在,河滩上赤身裸体的母亲,成为紧扣住她咽喉的噩梦。她对绿米说,直到那天她脱下衣裳,给那个叫李果果的女孩穿上。

这就很好解释,杜梨为什么在赤身裸体取了围巾再出来时,步子轻快灵动,脸上洋溢着前所未有的笑容。从此,在她清醒的时候,脸上再也不见了先前的阴霾。可是,入夜,那一幕仍然是个死结,搅得杜梨不得安宁,每每从梦中醒来,她就喊:"天哪,我还当在河滩上——"

那天晚上,自以为躺在沙滩上的杜梨拒绝留下观察一会儿的要求,跳下床回家。秦如瓦喊住陈新野,让他在值班接诊记录上签字。陈新野拿着记录本看了一眼说:"我不认识她。"秦如瓦指着记录页上方杜梨的名字说:"我认识,你只签下你自己的名字。"说着,颇有深意地看着陈新野游移不定的握着水笔的手说,"我也认识你,你是师部的陈参谋。"说着,秦如瓦露出洞悉一切的笑。陈新野说:"你别误会,我真不认识她。刚才,刚才……"秦如瓦说:"我也没说你认识呀!"

陈新野哑口无言了。

水笔尖嚓嚓,飞快地在纸上画出"陈新野"三个字。

无垠认为,也许,秦如瓦不那样说,陈新野说不定会签个别的他临时编出来的名字。但他签了他的名字,她母亲的安危该是就与他有了某种干系。陈新野可能就感觉有义务护送她母亲回去。

陈新野快赶几步,跟在杜梨身后。夜色深沉,朗月当空,杜梨在月下伶仃的背影也许让他心里莫名地一阵阵酸楚,还有他一定前前后后把看到杜梨后的一切想了一遍,想起她的篮子还在公社北水塔下的路口。陈新野喊住杜梨:"你的篮子——"

杜梨有些负气,说:"不要了。"

陈新野说:"还在生气呀?我真不是故意的,我就是——"

杜梨说:"我是在气自己,和你没关系,你别跟着我了,你不是住在那边吗?"

说着她指着公社东南说。

陈新野说:"你认识我啊?"

杜梨小声说:"我不认识你,但你前不久陪着媳妇到我店里买毛线了,你们都穿着军装。"

陈新野在离杜梨两步远的地方立住,说:"你记性真好。"

杜梨喊了一声,转过身继续朝前走。陈新野不远不近地跟着,看到杜梨过了毛三布店右转向北,他也进入向北的胡同。杜梨回头说:"叫你不要跟着。"陈新野紧走几步与杜梨并行,也压低了声音,说:"让我陪你去吧,就当赔不是。"杜梨说:"什么不是不是的,我就当遇到鬼了。"陈新野说:"嘘,这个时候不要讲这种话,小心——"

陈新野指指天上又指指身边。

杜梨看看四周,夜色凹凸,阴风无形。她脑海里突然浮现出多年前搭在她父亲肩头穿街过巷的一夜,一股悲怆从内心某个隐秘处翻涌而起,她咬着牙,不想在陌生人面前再次失态,于是咬得牙齿咯吱作响,禁不住拿手背拂拭面颊。

陈新野和杜梨走进小巷,走进两边长满黄豆和高粱的田间小路,杜梨在前,陈新野在后,杜梨不时转过身看看后面。陈新野问她怕不怕,杜梨不作答,只将呼吸一声重似一声。陈新野又跟上两步,靠紧着她。不大一会儿,他们走到水塔下十字路口。

十字路口边,已经空空如也。

杜梨带去的篮子、供品连同盘碗、酒杯、筷子,不翼而飞。陈新野划亮一根火柴,刚才他烧纸的地方一块暗痕一闪,火柴灭了。

杜梨看一盘明月,看矗在路口北边的水塔,看站在她身边的陈新野,脸在月下煞白成一片冷光。她害怕了,她知道就算有人会稀罕一只竹篮,但断然不会拿走别人的供品碗盘。她离开时回头看一眼参天的黑塔,心怦怦跳到嗓子眼处。

她不再要求陈新野回去了,而是与他保持着半臂的距离。直到他们走到公社政府北边的丫形路口,她走上朝西南的小路,听到陈新野在身后问:"你家不在毛线店吗?"杜梨说:"你回吧,我住在谷仓里。"

陈新野站在路口,迟疑着。杜梨没听到跟上来的脚步声,便加快步子,飞也似的奔回家中。

第二天,陈新野到毛线店,对杜梨说要买一件毛衣。杜梨告诉他,店里只有毛线,没有毛衣。陈新野抿着嘴唇,紧盯着杜梨的脸,从口袋里掏出一个信封放在柜台上,说,就是买一件毛衣,就这个颜色。他指着杜梨脑袋后面藏蓝色的毛线团说。杜梨回头看看毛线,又看看柜台上的信封,刹那双颊一片绯红。

信封里除了五张面值十元的人民币外,还有七页纸的信。

这封信,是杜梨留给无垠的唯一遗产。七页纸,整张的白纸裁成,用铅笔打了方格,字迹为墨蓝色的水笔,小楷,工工整整,落款"陈新野"三个字下面,日期用的是阴历:七月十四夜。杜梨生前在绿米面前也表示过,他们认识的时间和丢失的篮子与碗盘一样,让人深想起来毛骨悚然。

14

这是陈新野说完"你等着"离开谷仓后的第三天下午,杜梨和绿米正坐在毛线店里商量着生意的事,她的毛线生意越来越红火后,除了毛三布店和锦绣裁缝铺都卖起了毛线,街南边面酱铺旁边的国凯副食被兽医站长小姨子盘了下来,低价清了存货,重新收拾了店面,开成了小燕毛线店。

杜梨正对绿米说比上个月少卖了五百多块钱的时候,供销社季大姐走了进来。

"看这天儿真好呀!忙着哪?跟你说个事儿啊!"

季大姐往后拢了拢头发,凑在杜梨跟前小声说。

绿米很知趣,站起来打个招呼赶紧走了。

"季大姐,你坐下说嘛。"

杜梨转到柜台外边,把刚才绿米坐的一只方凳子搬到她跟前。

"不坐呀,几句话就走,那什么——"

季大姐又拢了拢头发说:"这房子呀,不能再往下租了。"

听了半天,杜梨终于有些明白了,这房子不租给她。季大姐一再解释,说供销社开会研究了,原来出租给红太阳劳保用品店的合同不符合相关规定,原来经手合同的崔主任已经写了检讨,房屋得收回来了。杜梨听后愕然不已,看着满屋五彩缤纷的毛线,一句话说不出来。

"你快收拾一下搬家吧,别的不多说了哈,我办公室还有好多事儿。"

季大姐匆匆走了。

到了傍晚,绿米才将真实的消息带给她。陈新野的爱人向部队反映了情况,部队与泥河公社通气后,公社党委连夜召开了紧急会议,议来议去,杜梨既不是泥河公社的干部职工,还有复杂的历史背景,又鉴于没有实质性证据,最后的办法只能是请当地政府协助,收回她租用的店面,以示惩戒。

"明摆着是绝你的后路,说什么都干不下去了,收拾一下搬回谷仓吧。"

绿米说。

"那不能吧?这大街上不有的是房子?"

杜梨笑绿米草木皆兵。

但是,接下来,杜梨再也笑不出来了。整个泥河大街,无声地默契,没有一个人愿意将房子租给她。她回头又到供销社要求查看当时他们与红太阳劳保用品店的协议,没有人搭她的茬儿,她问遍供销社各个办公室,最后还是季大姐出来劝她回去。季大姐悄悄跟她说:"先避避风头吧,别拗这个劲儿!"

杜梨没有听懂她这话的意思,只感觉她说得恳切。无奈,杜梨只得将货架柜台和毛线搬回了谷仓。回到谷仓的杜梨更加忧心忡忡,找绿米商量说总得想个办法,别哪天政府出个什么说法,再把谷仓收回去。这让绿米也开始担心起来,但最后绿米说如有那一天,就让杜梨搬到客栈去,她也好有个帮手。

当天,绿米回到客栈,把后院当作杂物间的房间收拾了出来,墙上贴上了新报纸,只等哪天政府收回谷仓时杜梨搬进来。

但事实证明,她们的担心是多余的。政府没有收回谷仓,并且在那年底,公社书记何建邦还带着几个人去看望了她这个困难户,送去了一袋面粉和五斤鸡蛋。杜梨挺着山大的肚子看着乌压压一大帮人来了又去,说了什么话她一句没记住。那时候毛线已经在屋角落满灰尘,货架和柜台上摆满了将要到来的无垠的小衣物和各种鸡零狗碎,杜梨每天坐在门口的太阳地儿里,对着蓬蒿苍凉的院子望眼欲穿。

一望,望到来年五月。杜梨在黄海农场医院生下无垠,回家坐月子的那段时间,听到消息说陈新野与爱人一起转业回了老家。

有人说陈新野回去之前找过杜梨,有人说只是路过谷仓,还有人说陈新野本来是要找杜梨,走到谷仓前迟疑了一会儿,做出路过的样子,到公社北水塔下站了好一阵子。

五月榴花似火,杜梨冰凉的眼泪一串串滴落到无垠脸上。无垠的尖声啼哭提醒了她的母亲。杜梨用一件上衣包裹着女儿,一起来到公社北,水塔北边沟边的田地里。

当意识到自己在泥河大街上无处立足之后,杜梨将目光投向了水塔北广阔的荒洼地。她的女儿如一株刚刚钻出的嫩芽,伸展着小胳膊小腿儿,嗷嗷待哺,她要活下去,她要让女儿活下去,她要想尽办法,给女儿阳光雨露。

还没等出月子,她就把每天都来照顾她的绿米赶了回去。成为母亲的杜梨,决心成为一个钢铁战士。她卷起衣袖和裤脚,用一块毛巾包起头发,像往常她常常讥笑的泥河妇女一样开始忙里忙外,不但扎起了一圈简单的木栅栏做院子,还在院子东南角盘了个鸡窝,养起了鸡。她想,女儿一大,就要吃鸡蛋啦。

杜梨低价处理了毛线,买来作物种子,用一冬天的时间,在镇北的荒地里劳作,经过除草、筑坎、翻耕最终整理出了方块、圆形或长条形的土地,撒上粪,入冬前还浇了一遍水。冬去春来,一场又一场春雨过后,她在绿米的指点、帮助下将种子分别种进早就耕翻晾晒好的土地里。

各式各样的小嫩芽破土而出,杜梨看看芽儿,看看女儿,无限欣喜。

她买来一只筐箩,垫上一床旧褥子,四周掖上稻草,将无垠放进去。然后她在周围洒上一圈儿随身携带的防蛇虫的石灰。无垠在地头的筐箩里看母亲趴在地上薅草、开苗儿。母亲的手和锄头,在芽叶间渐渐轻盈灵巧,母亲干一会儿,抬起汗珠滚滚的脸看她一眼再埋头继续干活。她或啼或歌,咿咿呀呀,那是对母亲的赞美,与母亲的应和。稼禾渐高,杜梨回头已经看不到她,只好每向前干一段,就方回头拉一拉筐箩。杜梨胸背汗透,早已不再白嫩的手、脸被玉米、高粱叶子刺出道道血印,她干不动了,从筐箩里提出无垠抱了,到地头的树下小憩,无垠伸出手,笨拙地在母亲额头抓下几滴汗珠。杜梨惊喜地叫了一声,叭叭叭亲着无垠的脸蛋,然后抱紧她抽泣起来。杨柳飒飒,碧空如洗,杜梨在一望无际的绿野间静静地流泪,母亲的悲伤感染了女儿,无垠张大嘴哭起来,空中飞过一行燕雀,玉米叶子上爬动一两只虫儿,无垠在轻风中哭噎了气,杜梨擦擦眼泪,说:"傻娃娃,你哭什么?"无垠哭着抱紧母亲的脖子,杜梨轻轻拍打着她的后背,说:"不哭不哭,我娃不哭!"杜梨让女儿不哭,自己却抽噎了一下,又一下,杜梨说:"新野,你到底在哪里呀?"

镇北无边的荒野像母亲一样张开怀抱承接拥抱了杜梨母女,秋季来临时,杜梨收获了大垛的黄豆、玉米和高粱。杜梨告诉绿米说摸摸缸里初夏收获的麦子,捧一捧麻袋里饱满的豆粒,第一次,她感觉成了自己的主人。第一次,她把玉米和高粱磨成面粉,挨家挨户送给起早贪黑帮助她的邻里和朋友。

东北风刮起后,杜梨母女请郑大同和赵洪发用土坯给她们娘俩盘了个土炕,十几天炕坯干透,她抱来山一样的豆秸、高粱玉米秸,猛地烘烧一气,伸手往炕面上一摸,热乎乎的,躺在上面睡一觉,直到清晨,额头上还挂着汗珠儿。

结结实实的两年好日子,在杜梨面前伸开一角,她还未来得及笑出声来,就被一场大火烧得天翻地覆。

那场火是下半夜烧起来的,噼噼啪啪的爆裂声惊醒了杜梨,起先还以为是刮风,泥河的冬季,有几天不刮大风?直到火光扑上屋檐,杜梨才意识到失火了。她跳起来,来不及穿衣裳,用棉被卷起身边的孩子跑了出去。

谷仓周围太空了,离邻舍们太远,等绿米到西边李广州家敲开门,进屋穿上了广州他妈妈的一套棉衣棉鞋,等她和广州家人把邻居们叫起来,提上水到了谷仓,大火已经烧完了谷仓后面的秋季积下的几垛干柴,把几棵槐柳烧成一个个火蛋,谷仓北边也已经烧了起来,火太大,人根本靠不过去,只眼睁睁地看着火烧,好在天亮时风小了,火自己烧得没了劲头儿,明火渐渐灭了,邻舍们开始泼水、扬沙土盖余火。

柴草、粮食全烧没了,谷仓烧了一大半,所幸,东南角娘俩住的几间用砖和水泥隔起来的屋子安然无恙。

杜梨哭起来,李广州他爹说:"甭哭了,万幸留了条命。"

绿米陪杜梨去派出所报了案,大鼻子老李带着两个人过来看了半天,说:"得回去请示何书记!"

一请示请示了半个冬天,快过年时,杜梨又去问情况。老李说:"唉,烧了就烧了,就是破了案,那些成了灰的粮食能再吃?"杜梨很生气:"你说的这是什么话——"同来的绿米和秦如瓦就把她拉回来了。

回到了家,秦如瓦说:"老李平时不这样说话,里面怕是有别的文章。"

三个人就回忆了下老李平时的做派,都一致认为秦如瓦说得对。但一时猜不透什么玄机,秦如瓦说:"没准儿啊,前段他们传的,有点眉目。"

杜梨和绿米让她快说,她才说她听镇中学的苏向阳说,派出所早就排查过几次了,最后目标在锁定了农机站的出纳庄忠臣。

"那就逮人哪,为啥——"

"他是何建邦的小舅子。"

秦如瓦打断杜梨的话。

燕非难找了几个人来修烧残的房子,不等完全修建好,东北风又刮起来了,携裹着北冰洋的酷寒,掠过外兴安岭苍茫的松涛,封冻了黑龙江和大大小小的无数河流后,一路呼啸南下,不到腊月,整个泥河的树木河流墙壁水塔,像被焊在了大地上。连夏日里迎风摇曳的树叶子都沉甸甸的,甩在门窗上啪啪作响。猫狗们躲进墙角,人们不得已出门时,用棉衣和各种棉套子包裹严实。呼出的气在空中蘖生出一团毛茸茸的枝枝权权。

杜梨拒绝了众人的帮助接济,说一定要自己蹚过这个坎,她要试试,不靠别人,她娘俩还能饿死？杜梨去农信社贷了三百元的款,买了一些玉米和麦子、红薯,里里外外把谷仓又收拾了一遍。

但那年冬天,杜梨干得最多的一件事,还是去野外拾柴草。

每次出门前,杜梨先在腰里肩上系挂上一根绳子,用一床旧被子把无垠裹起来系在腰里,背着她走进寒风。到了野外,杜梨先找来些软柴草铺在背风处的沟底,问无垠冷吗。无垠咬着牙说不冷,但禁不住打着寒战。杜梨用一床破旧的棉被将无垠罩住,外面裹上柴草,再用棕绳捆好。杜梨说："乖,不要害怕不要哭不要尿裤子,妈妈一会儿就回来。"

无垠咬着嘴唇朝母亲小鸡啄米似的点头,但杜梨离开后她叫一声,没人回应就开始哭。东北风咆哮着扑上来,把她摇来摇去。无垠用尖厉的哭喊驱赶恐惧,她怕大灰狼,怕毛猴儿,怕街上的疯子皮扇子。哭着哭着,突然被风掀翻,像个巨大的茧一样翻滚起来。她更加拼命地尖叫,想把她的母亲喊回来,边叫着,边扭动身子。她哭啊叫啊,急迫之下尿了裤子。

她的母亲杜梨,已经走远了,听不见了,不知道了。

满坡遍野的荒草啊,春来从大地上钻出一枝枝娇芽的草啊,一场又一场春雨后蓬勃茁壮,夏日的骄阳让它们疯一般地蹿至没人,蓬菜、茅草、青麻、苍耳、灰菜——在镇北空阔的旷野上伸展着胳臂腰身,沉淀着从雨水从阳光从泥土中摄取来的所有能量,开出一朵大的小的鲜艳的寡淡的花儿,结出一粒粒一串串一包包硬的软的籽儿,然后在秋风里歌一阵舞一遭,最后一场秋雨脱下了它们的所有衣裳,东北风来了,霜冻来了,雪来了,它们折身在地,变作来年的泥土,变成大地的一部分,变成它们年轻时从未想象得出的样子;或者坚韧地站在风里,瑟瑟发抖,在又一个春天到来之际,被新芽新叶讽笑着倒下去,消磨殆尽;或者被杜梨砍倒,一根根,一把把捆进绳索,塞进炉膛,散发出它们所能够散发的所有热量后成为一抔灰屑,复归大地。

——大地,是它们最初的来处和最终的归宿啊。

杜梨割一把,往绳捆中塞一把,她要快些,更快些,她知道被她裹在破棉絮中的女儿已经冻得嘴唇青紫,浑身乱颤,说不定已经尿湿了棉裤,正等着她去解救;她要快些,更快些,她顶住狂风,抓住一把把柴草,像抓住一个个不共戴天的敌人,恶狠狠地砍折,咬着牙将它们蛋进柴捆;她要快些,更快些,她要把小山一样的柴草捆好,满足地背起,跟跄着朝女儿的方向奔去。

背着柴草的母女,像巨浪中的一叶轻舟,在泥河北边无边的荒野上颠沛流离。

她们要快些,再快些,长夜就要来了,她们要躲进谷仓,躲进能燃起柴草的灶前,让火光照亮长夜,温暖她们的前胸后背手脚和心房。

她们翻过一条深沟,手脚并用爬上沟崖,已经看到公社北的水塔了。杜梨咬起嘴唇,目光坚定地望着前方,她想,她们很快就要到家了。到了家,她要先烧一壶热水灌进两个医用盐水瓶,把孩子裹在被子里,一个放在她脚底,一个放在她的肚子上,先给孩子暖和一下。她在想象中被即将到来的温暖感动了,双眼涌起的水汽被风一扫而净,只感到腮顶两把火辣辣的疼痛。她使劲低下头,把脸挡在胸前的孩子前边,娘俩一起在风中荡来荡去。

好不容易到达水塔,杜梨将背后的柴草贴紧塔身,紧拥着无垠喘气。杜梨说:"哎呀,没有风真好啊。"杜梨笑了一下,在风中开出一朵黄瓜花。无垠看了,咧开冻僵的小嘴笑了起来。

也许是累了,也许是感觉快到家了有些懈怠,杜梨没有注意到她背后柴捆上的绳子已经偏了,当她深吸一口气跨出步子,重新跨进北风中,背上的柴草呼的一声挣脱开绳索飞离她们而去。柴草们在东北风的淫威下不断背叛着绳索,背叛着捡柴者杜梨,它们狂飞乱舞,发出吱嚓吱嚓逃离的狞叫,漫天纷扬。无垠仰面朝天跌在地上。杜梨先是怔了一下,而后猛醒过来,喊了一声:"天哪!"本能地伸出双手向天空中飞舞的柴草抓去。

杜梨追着漫天飞舞的柴草跑出好远,但什么都没抓住,她气馁地坐在地上,一根棕绳孤零零地缠在肩头,她胡乱抓了几把,将绳子从身上抽下来狠狠地摔出去,双手捂在脸上,好长时间一动不动。在无垠又一次哭起来时,杜梨拾起绳子,用旧棉被裹着孩子。

"嗷呜嗷呜——"

杜梨听到什么在叫,顺着声源转身仰起头,看到了水塔顶端的贾十月。

诗人贾十月在塔顶上尝风。

看到她们看他,泥河著名的诗人贾十月像只猴子,轻捷地沿着塔身的铁梯盘旋而下,长发在风中像一把扫帚。他把刮翻在头上的黑色长风衣往下揪着朝杜梨和无垠跑过来,不由分说,把杜梨从地上拽起。

那一天,他们回到家时,天已黑透。杜梨拉开灯,屋内冰凉,灶后空空荡荡。随后进来的贾十月掀开门后的水缸,拿水瓢敲得水面咚咚作响。杜梨掀开锅盖,两个窝窝头已经冻在笼屉上。杜梨尴尬地赶紧盖上,已经晚了。贾十月抓着笼屉用窝窝头敲锅沿,哈哈大笑着说:"要想活下去,得有口好牙齿。"

杜梨笑了,过了一会儿,贾十月也笑了,笑完一溜烟儿跑出去。

杜梨看看门外,摇摇头把无垠抱上床,用被子裹起来,告诉她好好待着,她要到米姨家里抱些柴草来。但没等杜梨离开,贾十月就返回了,身后还跟着一个穿深色皮衣的瘦子。贾十月管瘦子叫舀子。

那天,他们在谷仓里变了一场大戏法。

被称作舀子的瘦子把背后巨大的工具袋放到地上,一眨眼从里面掏出各种各样奇怪的东西,在杜梨迷惑不解中扯着根电线跑进跑出。贾十月则被他支使去找一些砖头。最后,他们把电线和一截弯弯曲曲的金属丝盘进砖头盘成的台子里,贾十月得意地说:"上天下海,没舀子不行的。"杜梨担心电着人,在贾十月和舀子的一再保证下砸了一壶碎冰放在金属丝上,不一会儿,壶里发出滋滋的水响。"还真行呀!"杜梨感叹了一声,无垠则看着壶口冒出的热气,开始吆喝要两只热水瓶,水开后杜梨灌了两只热水瓶用毛巾包了放在无垠脚和屁股边。无垠却咧开嘴哭起来,对无垠来说,比热水瓶更迫切的,是饿了。但杜梨告诉过她,当着陌生人的面,不能要东西吃,更不能要陌生人的食物。她巴巴地看着对着水壶一脸欣喜的杜梨不知道该怎么说肚子饿了,因为他们好像很忙,先是贾十月介绍了舀子,而后那个叫舀子的,又郑重介绍贾十月,说他叫贾十月,是黄河口地区久负盛名的诗人。

杜梨问贾十月在水塔上干什么。

贾十月郑重地回答:"尝风。"

贾十月说:"你们都不知道吧,泥河的风啊,可是酸甜苦辣咸什么味儿都有,还有说不准的各种怪味儿,各种味道的都有。比如我今天下午站在塔顶,北方一块翠蓝色的天空下刮来的风就是甜味儿的,那是刮翻过多艘渔船的风的味道,这甜味儿很淡,把生铁放进嘴里,刚接触舌尖的一刹那,就是这个味道。昨天刮的风就是苦的,说明风刮过的地方的有人正在生气,生气产生的气体本来是咸的,但这种咸味儿一路向南,掺上华北平原的干枯植物味道和天津港的潮腥,就成为又苦又涩,还有味道异常辛辣——"

贾十月眨眨眼说:"有的地方刚有小孩或者小牛小马出生,

或者刚刚击打过芝麻,升起的风会变得辛辣。还有——"

接下来舀子和贾十月开始争执,舀子说他一派胡言。但贾十月一点也不生气,而是站起来,说:"舀子尝过风吗?你没有尝过,你有什么发言权?你一旦站在塔顶,闭上眼,全身的每一个细胞都朝着风张开,你不但能看到每一缕风经过的地方,闻到它的味道,有时候,你还能分辨出不同颜色的风。有的浅蓝,有的浅灰,夜里,有的风是紫色的,有的是黑色,还有的风闪着亮光——"

最后是杜梨结束了他们的争执,杜梨说:"你这是说鬼,还是在说风?怪吓人的,别争了,先喝碗热水吧。"说着在灶台上拿来碗,一只只摆在刚刚砌起的砖台子上,舀子提起水壶倒水。杜梨捧起碗,吁了两口气,突然回头问无垠:"饿了吧!"

无垠哇的一声哭起来。

贾十月提议舀子去陈记包子铺买包子,舀子不干,说:"为什么又是我!"贾十月说从口袋里摸出钱包:"一个出钱,一个跑腿儿。"舀子缩了缩脖子,站起来从贾十月手里接过一卷零钱,出去了。

终于,舀子携着东北风和浓郁的肉香回来了。无垠吃到了有生以来最好吃的食物,包子真好吃啊,全是肉,咬一口,油顺着下巴往下流。无垠的两只脚踩在热水瓶上,吃着热腾腾的包子,不一会儿汗珠闪出额头。杜梨铺好被褥,把她塞进被窝。但无垠不敢睡,无垠摸着圆滚滚的肚子盯着盘子里最后一只包子,后来大人们闲扯了些什么，一句也没记住。她看到包子在灯光下闪着奶白色的光，一阵又一阵香气氤氲满屋。到最后终于支撑不住闭上眼，她听到东北风掠过屋顶的声音，听到遥远的黄河水顶着冰凌咔咔作响，听着风吹过公社北的水塔，发出嗷呜嗷呜的叫唤，又想了一遍下午贾十月站在塔尖上的情境，一个黑色的身影一闪，睡沉了。

后来，无垠又吃过无数次那样的肉包子，直到街上贴出有关贾十月的寻人启事。

不用拾柴的日子过得飞快，一眨眼春天就来了。

谷仓周围开满了黄色和粉红色的花，谷仓的大门又天天敞开了，燕非难在秦如瓦的陪伴下常来谷仓画画，贾十月在周末来谷仓组织诗歌朗诵会。人多的时候，杜梨让他们将那两张颜色模糊的三抽桌抬到屋外去，桌面上铺上杜梨用旧毛线编织的桌布。诗人们会带来些汽水和饼干，闹哄哄一天又一天。

谷仓西南角，进门左手边的地方摆着大小的画架，地上散放着颜料和画笔、画布、画册，是燕非难的地盘；右手边小一些的地方，连放着两张三抽桌，靠墙一个饭橱里堆放着碗筷，是吃饭喝茶的地方；再往里走，西北角的墙上贴满了诗作，有用铅笔写的，也有用毛笔写的，还有直接用粉笔画在墙上的，地上摆着几张矮桌和一些马扎，是诗人们活动的地方；对面的东北角是杜梨放农具的地方，镰锄锨镐竖在墙边，墙上挂着草帽、棕绳，几个篮筐叠放在墙角，还有一堆没吃完的红薯。

无垠与杜梨住的地方,是当年杜梨的父亲早就用砖墙隔成的三小间,在谷仓东南一角。谷仓中竖着九根大水泥柱,南边的一些挂着画,北边的几根贴着诗,好几根水泥柱之间扯着铁丝,有时候杜梨晾煮熟的豆角和萝卜缨子,有时候晾衣物。原来除她们居住的两间小屋,其余那块几乎被她们视为有屋顶的院子的地方,变成了杂乱的展览馆。照绿米的话说是没个落脚的地方。

无垠记得有个晚上,在屋外的空地上搞诗会,贾十月他们扯出几个大灯泡,招来数不尽的蚊蚋和"瞎眼碰",后者是一种硬甲虫,噼里啪啦往房檐和墙上撞。有人朗诵,有人鼓掌,有人拿着簸箕和扫帚收集"瞎眼碰",然后揭去硬翅用油烹了,当瓜子吃。

无垠坐在桌边,听着他们大声朗诵着什么"当你老了、当他老了"的诗作,吃得满嘴满手满脸油。后来,大家玩得热火朝天时,忽然来了场大雨。那天,近二十人被雨困在谷仓里过夜。

应该也在那一夜,不知谁出的主意,第二天这帮人买来砖头、水泥,将空阔的谷仓隔成十来间房子,还在墙上刷了白石灰。而后不断有人在诗会结束后留宿。后来,他们干脆在西面朝着路的窗边,挂了块"谷仓诗社"的牌子。每年夏季的诗会从孙少红的"古城遗址"搬到了谷仓里,渐渐地有了名气,不少外省的诗人慕名而来参加,好多都写了有关谷仓诗社的诗作。

20世纪80年代在泥河混过的文人,都是谷仓诗社的常客。新世纪活跃在这个市各个文艺行当的大腕儿,当年,多半在谷仓诗社混过。

这群年轻人中有个叫小菲的年轻姑娘,让泥河大街上的人印象深刻。

这个小菲,留着童花头,尖下巴,那年夏天一直穿着一条碎花长裙子。人们当时说起她来,就说"谷仓那个穿花裙子的闺女"。后来,绿米与秀银一次谈论起当年,突然发现那个夏天,她们竟然从没见到过小菲穿过别样的衣物,只记得秋风渐凉,她才换了件格子翻领的上衣,好像到冬天,直到她离开泥河镇,还是那件上衣。绿米由此断定,小菲和泥河镇上所有的人、和世界上所有的人一样,没有看起来那么单纯透明,身后必定藏着一段又一段不为人知的沧桑往事。

说这些的时候,绿米和秀银都已年近古稀。泥河大街还是那么宽,只不过,由柏油路换成了水泥路,两边的店铺还是那么多家,只不过,由平房变成了二三层的楼房,胡同和巷道变宽,社区规划把平房变成了五六层的单元楼房,中间多了大片的绿植和树,看起来,像七八十华里外的枫城的样子。

秀银已经记不太清当年小菲的样子,她已是两个儿媳妇的婆婆,一个女婿的丈母娘,两个孙子、一个孙女的奶奶和两个外孙女的姥姥。在秀银四十八岁那年,郑大同突然脑出血倒地离开她,之后,她把鞋店撑到了最小的儿子高中毕业,然后卖掉店面去枫城帮她的大儿子带孩子,十六七年间她看大了几个孩子。孩子们都不需要她了,她才发现自己漫说在城里,连在泥河,都没个落脚处。幸好,已经变成黄河口影像文化研究院的谷仓足够大,陈新野还念着些绿米的面子,老友绿米,也还能容得下她。

最让秀银纳闷的是,泥河镇的冬天,她年轻时的东北风,没了当年的声势,就算她夜里迟迟不睡,再也没能听到一次风吹过屋檐呜呜的牛角号声。她经常和绿米说,东北风也老了,刮不起劲了。当绿米告诉她这是因为华北防护林起来了,把风挡住了时,她吃惊得不得了,连声说,现在的人真是能,还问,入海口苇荡里,那些长腿丹顶鹤还常来吗?

酷寒、风声、长夜、鹤唳——

绿米突然想起那年冬天的风、雪,那个冻毙在鞋店门口的人,就不愿再作声了,并且在心里承认了女儿梅在几年前就说过她的话:人一老,心眼就越来越小起来,和针尖一样——原来,特别是当年,她感觉,一切都过去了。可为什么到了暮年,被生命的冬天摧折过一遍又一遍之后,她反倒对云良更加追念起来?那个瘦弱白净的年轻人,在那一夜,究竟经历了怎样的辗转?他为什么不进鞋店问个清楚?为什么不再退到客栈去?

"至今思项羽,不肯过江东。"——她一遍又一遍地想,最后叹一声气:"为什么不回来?除了生死,能有什么大事?"

秀银见她不说话,也就闭了嘴,两个人坐在朝西的窗前,看着窗外一拢连翘干枝,静待日影儿西移。

"死了的都是有福的,你瞧这些活着的,像块破抹布。"

绿米说。

"嗯,好在,我们也快了。"

秀银说。

她们脸上的褶皱，已经深到了能藏下所有的故事。只是，花样岁月的光华，再也无法穿透浑浊的玻璃体。她们坐在窗前，泥河的、世界的一切，亲人、朋友，一切都已经淡忘于身后，她们面色舒缓，几近静止，向着西方，安宁地等待上苍最后的召唤。

云良、郑大同、客栈、杜梨、鲜血、小菲的花裙子——离她们越来越远了。

但无垠记得清楚。

从她的书中看出，当年，这个小菲阿姨给她的印象尤其深刻。爱笑的小菲，自称是安徽人，但谁也没有见过或听说过她与那个遥远其实又并不那么遥不可及的省份，有一丝半缕的瓜葛和联系。

没有人说得清楚她的身世。也许，她自己也不能。

无垠在写这些前采访时，得知小菲后来又回到泥河住了几年后跟着常来参加诗会的叫雪马的诗人到了石家庄，后来又跟随一位胡姓摄影家去了澳大利亚。

小菲是在无垠家留宿最多的一个。后来，她干脆长住了下来，和无垠像一家人那样，和贾十月、杜梨一道去田地里干活。在多了这么多帮手之后，杜梨又开出了更多的荒地。无垠记得跟着大人们到地里时，不再是母亲杜梨孤独地在谷仓与镇北荒原上来来回回了，而是热闹起来，常常一大群人结伴来去，有说有笑，有时候还高兴地唱起来。每天傍晚，他们都围着一块印着"青岛大亨印染"字样的桌布吃饭。贾十月进进出出,手里挥着一只长铁勺,忙着、吆喝着,不亦乐乎。名叫小菲的阿姨端菜,她不爱说话,别人让她干什么,她就笑笑,点点头。

她记得小菲阿姨好像很爱给贾十月夹菜,夹菜时也不说话,很小心的样子。她的母亲杜梨这时候会看看贾十月,眼一挑,无垠不知道那是什么意思。成年后的无垠也说不清他们之间微妙的关系,只是,感觉到土地、诗歌、流浪,类似这样的字眼掺杂在谷仓里,既让人感觉莫名别扭,但细想时又挑不出任何的毛病。

无垠记得是某一年的麦收之后,贾十月夹着铺盖卷儿,正式搬来谷仓住。但在吃早饭时,却常常见不到他了。他夜晚和小菲,还有另外几个诗人在最大的那个房间里大声朗诵和争论,说的大多数是她记不住的外国人的名字,只有叶芝好记,无垠记住了,说一看到泥河镇四周原野中的芝麻,就想起这个诗人。有时候,深夜里,无垠会被他们吵醒,无垠发现有时候母亲在她身边,有时候不在,还有时候,会发现秦如瓦和她母亲在床边窃窃私语。那时候杜梨又怀孕了,秦如瓦给她带来一些白色小药片,说孕妇一定要补充维生素。

绿米很多年都纳闷秦如瓦和杜梨怎么成了朋友。"论说——"绿米一说起这些,就说"论说",然后摸摸头发,后面就没话了。当然,后面的话无垠也很清楚。绿米一直说她母亲不该招惹那么多人到家里,更不该让这个姓燕的再到家里来,何况,还带着那个"姓秦的狐狸精"。

杜梨在泥河镇上仅有的两个好朋友很多年都是死对头，尤其是绿米，提起秦如瓦就皱起眉头，说都是那个姓燕的，带着个狐狸精，还在人家里脱衣裳。绿米是指那时候燕非难带秦如瓦来谷仓画画。燕非难对当年谷仓中的创作状态还抱有不死气的指望，也许，他以为换个模特，会找回当年的感觉。秦如瓦赤裸着被他安置在一张麦秸席上，有时候披一块蓝布。无垠是被允许进门的两个人之一，当然，另一个是杜梨。

燕非难以秦如瓦为模特创作了谷仓中的圣母17号作品，他自己认为是画得最上心也最艰难的一幅，但是，一动笔，他就知仅仅又是一幅赝品而已。后来，这幅画在省青年实力画家作品展上获了一等奖，之后不久燕非难当选为市美协主席，当选后组织的第一个活动就是"知名画家泥河行"邀请展。展后聚餐时，燕非难敬了公社党委书记何建邦一杯酒，感谢他对本市画家的鼎力支持，并且当场送他一幅后来据说是自己的练笔之作的泥河风物画。三天后，公社干事杜爱民上门为杜梨办了谷仓的房本。无垠记得在这期间，贾十月和燕非难干了一架，其中一个好像还受了点伤，无垠记不太清楚了。

绿米说，杜梨怀孕不久，贾十月就跟小菲好上了。绿米说："唉，这些画画的写诗的，怎么靠得住哇！"

绿米一直把杜梨的悲惨命运归结为杜梨结交了些不靠谱的男人。而无垠并不这样看，她认为母亲的结局只是人类悲剧中的一个环节而已。从谷仓顶上夜空中的白烟，到河滩上她外祖母赤裸的尸身,到那年夏季暴雨后的石桥,到后来石桥上的那对母子,到公社大院里张扬的凶杀,一环扣着一环,每一环,都是个体与大时代碰撞得当当作响。

"而我母亲与小菲的那次长谈,加速了母亲的不幸。母亲命运的列车,从绿皮火车换成了高铁,吼叫着冲向终点。"

无垠认为她母亲的性格,注定了那次长谈的不快结局。

那时候,她母亲就要临盆了,尽管每天仍到田地里去。那时候春风涤荡,残雪早已消融,她们脚下的土地变得蓬松,青蒿要冒芽儿了,燕子开始在天空中剪来剪去,一场春雨刚结束,春耕就要开始了,一年的日子正在镇北大地上苏醒,天地之间,翻滚着她母亲潮湿的愿望和希冀。

她母亲杜梨和小菲在镇北她们已经耕作过一季的田地里施肥,无垠举着一只小风车,绕着她们迎风小跑。无垠听到小菲几乎用她自己都听不见的声音说:"他说,他爱的是我。"

杜梨一只手扶着腰看了看天,用几乎是欢快的声音说:"是吗?——好啊。"

这时候无垠绊倒了,她母亲已经不能再弯腰拉她起来,只走到她面前朝她伸出手,她拉着母亲的手站起来,跟着母亲朝小菲走了几步。小菲说:"他早就看中我了。"她又听到她母亲连声说"好啊好啊"。小菲说:"你得退出。"她母亲又说"好啊好啊",边说边摘掉无垠头上的草秆儿还是树叶。也许,杜梨漫不经心的"好啊好啊"的话最终激怒了小菲,小菲扔掉铁锨,说:"你得去引产,你都快生了,他怎么能死心!"

就算是泥河镇上公认的最傻的傻子云台,也知道杜梨最在乎的,就是自己的肚子。小菲要求了一件她最不可能做到的事。但无垠说小菲并不是个笨姑娘,不是被爱情逼到一定份儿上,也不会干这样的事。

"引产?"

杜梨歪着头摸了摸肚皮,抬起头看着小菲说:"你疯了吗?从明天开始——不,你马上滚蛋!"

15

小菲没离开。

贾十月倒消失了。

《风过泥河》里写道:泥河的女人,像泥河两岸广袤苍茫的大地,春风一吹,立即涌动起满腔热望,青葱的盼头儿一茬儿一茬儿茁壮生长,冲出潮闷而风疾雨痴的夏日,在金秋瓦蓝的天空下结出一串串一穗穗深沉的种子,然后在漫长严寒的冬天蜷起身子将饱满的籽粒抱在怀里,欣赏着雪花轻盈的舞姿盼望春雷声再次响起……

……而泥河的男人呢,多像从镇北空旷的原野上刮过来的风啊,带着遥远的强劲的气味和声音,呼啸着来啦,把整个泥河吼得地动山摇,惶惶不可终日,连最强壮、大胆的女人也缩在门窗后面,企图同它们保持着最安全的距离,但最终是妄想,有什么东西,能挡住风呢?你看墙壁上一鼓又一鼓的年画和晃动的灯苗,连人们的一呼一吸之间,全是它白茫茫的影子,但是,不知道哪一个白天或者夜里,突然之间,不见了,留下一条空阔的长街和静默的田野,还有女人们慌乱的眼神和脚步……

谁会想到贾十月突然离开泥河镇呢?离开泥河,离开水塔,他到哪里去尝风呢?嗅不到泥河的风,他的诗句,怎么会在长长的头发披盖着的头脑里长出来呢?又没有别的学校要调他去,他的诗,又没在市里省里获什么大奖,不像燕非难,画了那么多画,还得了那么多奖,这样的人,才是早一天晚一天,都要离开泥河的。

这是泥河人自然朴素又屡屡被验证的经验,泥河太小了,只有几十里长,也太窄、太浅了:最窄的地方,泥河中学的体育老师苏向阳在足够长的助跑之后都能跳过去;最浅的地方,水刚刚没得过一两节芦秆儿,连身形最小的树鹨,都大胆地踩在水里。这样的地方,是藏不住大鱼的。

无垠认为,燕非难之所以离开泥河镇,不单单是向外开阔视野之需,而是虽然他在文章中多次提到好的画作都包含着"上天的喻示",但是,最终,他没有将自身所具备的灵性与"上天的喻示"联系在一起做深入思考,而是决定离开泥河,到别处寻找"上天的喻示"。无垠就此认定,燕非难离开泥河,是走了一条无效的路,或者说邪路。艺术是内求的,上天如果真有喻示,不在于你身在何处。

而在绿米看来,什么灵性不灵性的,燕非难离开,只是因为秦如瓦抛弃了他,爱上了李楠楠。无垠一开始对这种说法是拒斥的,但后来,慢慢地,她感觉,这种说法似乎也有道理。爱情,虽然是种太过玄妙的东西,身在其中的人都无法说清,何况是旁观者?但爱情又是几乎最能体现一个人格调的事。

20世纪80年代的泥河公社,活跃着各色文化名人。

有魔法师一样的摄影家郭少安,这个温文尔雅的、一条腿有点不太好的纽乐芙照相馆老板,只有周一和周二上午才经营,其余时间都背着三脚架和相机,在村落和荒野之间乱转。他不厌其烦地拍泥河边的一株苦荬、一片残荷、一块云朵、一角破败的屋檐、一个穿着开裆裤的小孩、一条淹没在荒草中的小径、一头不停地围着一棵树转来转去的毛驴——他所拍的照片几乎全部让人无法辨认。比如他拍片残荷,人们看不出哪里是褐色的茎,哪里是残破的叶子,而是看到一座苍茫的大山和无数条上山的路;他拍的破败的屋檐,人们也认不出哪里是瓦,哪里是椽子,哪里是房檐,而是看到一座如山的巨浪,浪花高卷着浮沫和几截朽木,几欲冲出画面,喷你满身满脸的水珠;而他拍的穿开裆裤的小孩,像一片泥河人只有在电影里才见到过的沙漠,圆形的沙丘四周,充斥着寂寥和死亡的气息;最最荒唐的,是他在泥河六队南边的一处菜园子角上,拍了一组妇女用的月经带的照片,冲洗完成后,他巧妙地把它们剪贴组合成为组图,没有一个人认出那是各个角度的月经带,连从未到过海边的郑大同也连声惊叹:"好家伙,这么多帆船!"

郭少安早已名声在外,连市里的领导都来找他拍照、看他拍的照片。泥河镇上的人才知道,照片,有时候也叫"摄影作品"。

郭少安说:"只要我愿意,我随时能把三浦友和照成一只鸡!"

还有能把死人唱活的吕剧名家小葱白。

小葱白长得真像根儿葱白,顺溜白净,嗓音清澈剔透。后来,成为著名文艺评论家的泥河中学生物老师白铁军说,一个男人,甭说有那样的嗓门儿,就单单长成那样,也真算是成了精了。谁也说不清楚他因为什么突然被调到了黄海农场场部宣传处。刚开始有人说他原本在省城剧院,犯了男女错误,还有人说他恋上某个省领导看中的女角儿,犯了忌,还有人说他已多年抑郁,自愿申请到偏远的泥河来疗伤,众说纷纭,莫衷一是。时间长了,什么原因就没人再关心了,人们只关心他的心情,因为他只有在心情大好时才来上一出。角儿们唱戏讲场面、讲人气、讲行头,他什么也不讲究,只要有好心情,随便站在街边树下小石桥上,拉开架势,一亮嗓,那里就成为临时搭就的戏园子。小葱白唱《借年》:"大雪飘飘年除夕,奉母命到俺岳父家里借年去。未过门的亲戚难开口,唉!为母亲哪顾得怕羞耻——"不等他忧伤的手一摆,人群中就发出伤心的嘘声。意志薄弱、容易受情绪控制的大姑娘小媳妇,恨不能转头回家去,把家里吃的穿的一股脑拿来塞他怀里。他唱《姊妹易嫁》:"楼上好像开了锅,他一家人不和全为我。我不如亲自上楼把红线割。当面退亲又如何!"不待毛哥哥抬手做敲门状,人们已群情激愤,纷纷说着:"休了她,休了她!"他还唱《井台会》,唱《王小赶脚》,唱得比在省城剧院还有了名,先是县里、市里领导来听他唱,后来,一个副省长陪同京城来的一个没有透露姓名的大人物站在石桥上听他唱,随后就有远近亲疏的各色人等来做他的工作,说要调他到哪里哪里去,全是叫得响的好地方,但他一概婉拒了。为此,每个泥河人都感觉脸上有了光,也更加拿他当个宝贝。

还有一个是编苇草的徐永年。

徐永年是个鳏夫,独居多年,一直在泥河公社汽车站做调度。突然有一天他喝得酩酊大醉迷失在了东北洼大汶流的苇荡里,派出所的大鼻子老李带人花了三天时间在苇荡里找到他时,他正倚着一捆苇草酣睡,老李正是循着他响亮的鼾声找到他的。

奇就奇在徐永年回到公社后,突然拥有了一门手艺。他从大汶流割来大捆的苇草,拿薄篾刀劈开,在一段桐木上捋扁捋柔顺,再喷上清水润上一夜使苇篾柔韧。汽车站早起的看门人退伍军人刘文章说那天清晨,他一打开门,就看到徐永年坐在院子里的梧桐树下,飞快地编着苇篾,他打了一眼,感觉好像徐永年在尝试着编一床席。等他到大街上溜达一圈再回来,他看到梧桐树下矗立的是一座庄严的宫殿,高大巍峨,飞檐斗拱,他突然想起一张年画上画的未央宫。他围着这座苇编的宫殿转了无数个圈儿,突然想一定是徐永年从哪里买回来的,趁他出去遛弯儿摆在这里唬他一气。

但他错了,和这同样的、相似的宫殿从此一座接着一座出现在院子里的梧桐树下、槐树下、苦楝子树下、停靠的公共汽车旁边、售票厅里、车站门外路边上。等泥河大街上的人意识到汽车站出现了奇迹时,宫殿中已经出现了罗浮宫、白金汉宫,还有圆形的罗马角斗场。当黄海农场最有学问的"老右派"孙朝临一一为人们解释这些宫殿原本所在的国家和地区时,人们面面相觑,然后齐齐看向车站院里徐永年居住处门口的一大垛苇篾。

人们说,徐永年一定是在苇荡里遇到了苇仙哪!

人们啧啧称奇,而后以讹传讹、化讹为真地加入各种细节飞快地向四下传播。很快,济南的、青岛的,甚至还有西安和洛阳的人,鱼群一样拥入泥河公社看徐永年的"宫殿"。当地的文化馆整理了各种材料逐级上报,很快,省里下了块"著名民间艺术家"的牌子。后来白铁军考证说那是块纯青铜的牌子,徐永年故去后,这块牌子仍在车站售票大厅里挂了很多年。20世纪90年代后期,由于私人运营的兴起,国营车站无法维持,车站解体了,这块牌子先是被车站一陈姓老职工拿回院子挂在墙上挡住一处缺口,而后院子拆迁时被附近一位李姓老大娘拿回娘家挡了鸡窝,而后被公社文化站站长吴先发找了回去,挂在文化站的展览墙上。

——但这些人,论名气、影响力,全在"舞蹈大师"李楠楠之下。

从南京来的李楠楠留着齐肩长发,无论春夏秋冬,都穿着一套黑色的质地柔软的舞蹈练功服,黑色软缎一样的绵羊皮舞鞋永远闪着亮光。最让人叫绝的是他的身材,只要一站定,就永远像根筷子,腰腿倍儿直。

其余的名人,如果不是事先认识知道,扔在人群里,认出来,还要费点子工夫。但李楠楠,让人打眼一瞧,那就是大师。别人做艺术,活日子。他呢,他好像压根就没有平常日子,舞蹈才是他的人生和生活。在泥河人印象里,就从未见他干过舞蹈以外的工作,因为从未记得他干过什么工作,也从未听他讲几句与舞蹈没有关系的话。他说不了几句话,就深情地告诉对方,总有一天,他要踏上白雪皑皑的俄罗斯大地,因为那里有他的梦中情人——玛娅·普利谢茨卡娅!

"梅阿波依尼,韦则石纪尼娅!①"

人们总见李楠楠对着人群喊、对着天空喊、对着泥河喊、对着他动情时面对的一切喊这句话。

有很长一段时间,泥河大街上的人一激动,就学着李楠楠的样子,拉直身体,仰起脖子,双手高擎,深情地朝着天空喊:"梅阿

---

① 本句话为俄语"Моя богиня, подожди меня!"的音译,意为我的女神,等着我吧!

波依尼,韦则石纪尼娅!"后来,要说起谁激动了、谁打架了、谁和谁好上了,或者谁和谁闹掰了,就说,谁谁谁,又纪尼娅了。有人猜这句话是一句骂人的脏话,有人说不是骂人的脏话,是夸人的好话。还有人说这句话是让一只白色的大鸟快快飞的意思。尽管没有一个人知道这句话的确切意思,但并不妨碍"纪尼娅"这几个字从20世纪80年代中期开始成为泥河大街上一切激烈或者暧昧情愫的代名词。

当然,谁也不可能知道,秦如瓦在什么时候与李楠楠好上了。只知道腊月里的一天,燕非难去黄海农场医院秦如瓦的宿舍碰上他们正在"纪尼娅"。李楠楠飞快跳下床,站在地上本能地拉直身体,仰起脖子——

"我×你妈,你这个狗日的纪尼娅!"燕非难破口大骂。

李楠楠抬手指着他,仰了仰脖子,说:"你,亏你还是个——"他说着一偏头,在挂在床头的一块长玻璃镜中发现了自己的赤裸。李楠楠飞快地扯了件衣物围在腰上。秦如瓦后来对绿米说起这件事时笑得上气不接下气,她说她穿好衣服,梳着头发对他们说:"滚出去!"

这时候,燕非难表现得极为阔达,无垠在书里评价道:"真别小看他,比香港那个叫谢××的强悍多了,据说他根本不需要反应的时间,当下就请秦如瓦原谅他的鲁莽,并请求她和他一道去北京。秦如瓦摇了摇头拒绝了他,理由是她想明白了,她爱有理想的人。

"燕非难说：'理想，我也有啊。'

"秦如瓦又摇了摇头，说：'楠楠的理想，才是真的。'"

秦如瓦最后的话几乎把燕非难击倒在地。所以，那天泥河大街上的人们看到了这样的情境，先是几乎赤裸的李楠楠，赤膊光脚的，腰里围着件橘红色的女式毛衣，仰着脸，脖子一挺一挺地走过。看到街两边店铺里的人跑出来看他，他朝天伸出双手，喊："天呀，太野蛮啦，梅阿波依尼，韦则石纪尼娅！"

李楠楠刚过去，燕非难耷拉着两只肩膀，黑着脸，唉声叹气地走过去。

第二天，李楠楠和燕非难齐齐不见了，同时不见的，还有诗人贾十月。李楠楠后来被证实先去了俄罗斯，几年后去了奥地利，并留在了那里。燕非难先去了省城，后去了北京，几年后去了巴黎。只有贾十月，除了半年多后一封没有寄信人地址的信，从此杳无音信。

好多人说贾十月离开泥河，是怕即将落地的婴儿，犹如几年前在婚期临近时也曾离开过泥河四五个月一样。大街上的人们，第一次一边倒地站在杜梨一边，谴责贾十月，只是，谁也没有听到杜梨埋怨过这个逃跑者。无垠写道："也许，我的母亲，真的从未生出过将自己或者自己的儿女托付给某一个男人的心思。但是，与她交往的男人们不明白，女人们也不明白，在她，没有那么多可说不可说的算计，她只是被生活的东北风吹到哪里，就努力在哪里种一颗籽，看着它发芽生长，开出一朵小小的花儿。"

无垠说她在某个深夜,走过住处附近的步行街,听到一个酒吧门口的音箱传出的《假行僧》时,突然在那一刻,理解了贾十月。

> 要爱上我你就别怕后悔
> 总有一天我要远走高飞
> 我不想留在一个地方
> 也不愿有人跟随
> ……

"风,如果老是停留在一个地方,就死了。"无垠写道。

不知道贾十月这股风从泥河刮到了哪里又刮到了哪里,收到他的信的时候,杜梨正卧在病榻上,对着窗外的阳光打盹儿。她打一眼信封上歪歪扭扭的字行,知道贾十月还活着,随手把信放到了窗台上,扭头继续和绿米说话。绿米让她打开看看,她摇了摇头,说:"活着就好。"

傍晚,何建邦进了谷仓,进门一眼就看到了那封信。何建邦撕开信,看了一遍,不无鄙夷地说:"花儿啊月儿的,崇尚小资产阶级生活方式的人,能有什么好东西!"

绿米说何建邦顾忌自己的身份,以前,都是趁深夜来谷仓。后来他老婆病故后,他托了妇女主任付美华做媒,来谷仓提了"与杜梨建立家庭"的愿望,才大模大样地来去了。但那时候,杜梨还未从失子的悲痛中走出来,常常突然痛哭失声,何建邦一再向她保证,动用"一切力量,不能让那个无法无天的东西逍遥法外"。何建邦常常埋怨杜梨,说要早跟了他,何至于此?并且对杜梨听了他的话后不置可否地沉默表示非常不满意。

信封中,没有称呼,没有落款,没有日期,只有连题目都没有的一首诗。何建邦阴声怪调地念起来:

> 一念而别
>
> 长夜荒芜
>
> 风里裹着玄色种粒
>
> 月下的高塔
>
> 举一只黑风车
>
> 迎风曼舞
>
> 往昔凝作一粒尘土
>
> 蔓草欢愉
>
> 覆盖明日之墓碑
>
> 投出星光的色子吧
>
> 或化成风
>
> 刮过高山、大河、原野
>
> 或葬于我的胸膛
>
> 在苍茫的大地上漂泊
>
> ……

何建邦一把将信纸连同信封撕成两半,攥成一团掷在地上：
"什么黑风车！什么色子！什么墓碑！什么苍茫不苍茫的！这么丧气！这叫诗?"何建邦说,"这境界,这情调,简直离我们伟大的无产阶级革命艺术十万八千里！"

16

也许,逃跑的诗人贾十月在某个遥远或并不太遥远的地方,敏锐地从泥河刮过去的风里嗅到了血腥味儿,才写下了这首诗。何建邦在第二天急匆匆跑到谷仓,满地找被他撕毁的诗作,当绿米告诉他已经塞进灶膛烧了时,他满脸惋惜。

何建邦走后,绿米从杜梨的床褥下抽出那张残断的信纸,小声念了一遍,问杜梨:"他写的,这是什么意思?"

杜梨告诉她,好像明白,又好像不明白,反正说不清楚。

那时候,绿米早就把悦来客栈完全交给了孙少红打理。孙少红养白虾的梦破裂后在绿米的劝解下回到了家乡涟水,但没待到一个月,又灰头土脸地出现在了客栈门口。绿米长叹一声,打开门把他让进屋里。有些人,来过一次泥河,就注定要和泥河纠缠一辈子。绿米将店里所有的事交代好,回娘家接回了女儿梅,搬来谷仓和杜梨同住。

绿米搬来后第一件事,是清除了除她们居住的房间外的所有间隔,将诗人们贴在墙上的诗作、涂的鸦、燕非难带来的已经发霉的粮食和练笔的画,扔的扔,烧的烧,谷仓里重新空阔开朗起来;第二件事是清理了院子里的蓬蒿、水蓼、苍耳和青麻,整理成了一方方的菜园,还在南面、西面靠近路边的地方移栽了苇竹、蜀葵、锦葵和鸡冠花。

五年后,陈新野从大街上拐过来,首先看到的,就是这一片盛开的花,他的心,再一次和这些花儿一样怒放起来。

无垠记得是个傍晚,她和梅正站在院子里的水泥灶台旁清洗一盆芸豆,梅首先看到了这个身材高大的陌生人。梅在水里拿手碰了碰无垠的手,说:"喏,好像来咱们家的。"

无垠抬起头,看到这个中年男人,提着两只巨大的包裹,站在路边粉紫色的锦葵丛边,朝她俩笑。无垠喊了声姨,梅喊了声妈,中年男人远远地轮番看她们,最后,目光在无垠脸上定住,大声喊:"你一定是无垠吧!"

绿米走出门来,从他站立时笔挺的姿势中认出了他。绿米喊:"你终于来啦——"

"你是无垠!"

他惊喜地说。

"哦,一定是了。"

他扔掉包裹向无垠走来,并朝她伸出手臂。无垠看他做出要拥抱她的样子,朝绿米的方向后退了两步,端起水盆挡在身前。

五月的傍晚,四下炊烟渐起。陈新野感到了她的防备后笑起来。

"呀,大姑娘了。"

绿米说:"这是,这是,陈叔叔,喊人哪!"

梅喊:"陈叔叔好!"

无垠张了张嘴,喊不出来。

陈新野上前握着绿米的手,说:"大姐你也在这里呢!"

他接着转过身,半蹲在无垠面前,说:"我是陈叔叔,你妈妈呢?"

无垠回头看了看绿米,哭了起来。

陈新野问怎么了,绿米说:"先进屋吧,进屋再说。"

那晚的饭吃得又模糊又漫长,陈新野和孙少红对着一盆炖芸豆,喝得酩酊大醉,又哭又笑。绿米对陈新野描述杜梨生前的一些细节,陈新野听着,不时掩面:"我真是浑,当时,一甩手,就把她——"他咽下一大口酒,将酒杯重重放在桌上,招呼无垠说,"孩子,快谢谢孙叔叔和米姨这么多年照顾你。"

绿米说:"无垠,快谢谢陈叔叔来看我们。"

陈新野说:"看你们?不,我这次来,再也不走了。"

一大早,陈新野让无垠带着他,来到镇北荒地那座矮小的坟前。坟边爬满了羊角铃和千根草,坟头上,几枝狗娃花在晨风中微微摇晃。

陈新野让无垠先回去。

无垠走出老远,回头看,陈新野盘腿坐在坟前,一动不动。

五月的原野一片生机勃勃,田边地头的紫穗槐摇曳着一串又一串细密的紫色花穗儿。远处有苇荡,有水鸟,瓦蓝的天空之下,一望无际的沃野恣意伸展,像一位仰面张开怀抱的母亲,天空与大地之间,水汽蒸腾。无垠想,长眠在土地之中的母亲若有知,是不是在这一刻,也像她再一次说起这些时的心情一样,悲欣交集?

有次无垠跟绿米说:"造化真是弄人,要是我妈当时不跑出去就好了。不跑出去,就什么都遇不到,也就不会杀人犯法被……要不跑出去,现在就都好了,一定如了意。"

绿米听她这样说时,就说:"咦,那就不是你妈了,那是公社党委书记。"说完,又啐一口,"呸!什么书记歹记,畜生!"

据猜是贾十月的骨血的男婴,一俟产下,就如他不确定的父亲,风一样刮过泥河镇,下落不明了。

腊月,酽雪的云一层压着一层,出奇地静。傍晚,随着一声婴儿的啼哭,些微的风才从街东首灌进街里,铅灰色的云沉沉涌滚。阵痛了整个白天的杜梨,已经筋疲力尽,挣扎着看了一眼秦如瓦抱给她的婴儿,沉沉睡去。

绿米怀里抱着刚烤好的黑芝麻馅布鸡和煮鸡蛋,提着一只装满滚热的小米粥的瓦罐,急匆匆地朝黄海农场医院走。她在盘算是不是放下吃食,赶紧回去煲一锅下奶的猪蹄汤,她听杜梨说,生无垠后,奶少得很,孩子常常在半夜里饿哭。猪蹄汤好还是鲫鱼汤好呢?绿米这样想着,看到小菲偏着身子,手里紧抓住一只鼓鼓囊囊的蓝花布包袱,黑着脸跟她打了个照面后一路向西小跑。

她很想叫住小菲问下有没有什么事,但她怕鸡蛋和粥会凉。再说,原本她对小菲也没有什么好印象。绿米扭着身子看着小菲钻入一条胡同,转头赶向医院。

杜梨睡得很沉,脸色苍白,绿米坐在床头,不时拿手摸一下瓦罐,温度在急速下降,不能再等了。杜梨被摇醒,绿米和秦如瓦一个扶着,一个端着汤碗,好不容易送下了两小碗米汤,饭是一口吃不下去了,她太乏太困了,身子一沾床,接着睡了过去。

绿米要看一眼孩子,秦如瓦说刚才小菲抱给大夫了,小菲说孩子生产时呛了口羊水,要检查肺部。

"小菲?"

绿米脑海里闪过手里揪着蓝花布包袱匆匆过街的小菲。

"是丘大夫吗?他为什么不直接对你说?"

秦如瓦一下被问怔了:"是呀是呀——我这就去问丘大夫。"

丘大夫说孩子滑出产道时,是呛了口羊水,但当时就处理好了,他从来没让人去抱孩子。

"坏了坏了!"

绿米说着跑了出去,从街东跑到街西石桥,又从石桥上跑下来,边跑边喊小菲,边问有没有人见过小菲。绿米喊着:"见过吗？谁见过她？她提着个蓝布包袱。"

武俊国的老婆尚小香怀里抱着戴着猫头棉帽的小女儿听到她叫喊从毛三布店出来，告诉她："我呀，我看见了，她提着个包袱，搭了俺俊国的车走了，一个多小时了吧，现在，估计过了县城了吧。"

绿米跑去客栈找孙少红，孙少红说："先报案哪，报案！我们没有车，哪里追去？"说着两个人往派出所跑。

大鼻子老李早下班了，正在公社家属院的家里就着铁炉子烤鞋底，一听急了眼，顾不上提鞋，趿拉着鞋，一嗓子把在家属院和单身宿舍住的干警都吆喝过来，跑到前边办公室前发动起仅有的一辆吉普、一辆偏座摩托车。老李提着鞋说："你到县城，你直接到市长途车站，快！快！"说完转身打开办公室门，往县公安局挂电话向上报了案，一屁股坐在椅子上，才回过味儿来，说，"这事儿，很麻烦哪！"

是的，小菲蓄谋已久，早就同武俊国和另一个跑长途的车主说好要搭他们的车出去一趟。她将孩子骗到手后一气跑到镇西南角菜市，上了武俊国的大解放。武俊国拉着一车大白菜往锡林浩特送，十几天后拉着一车煤回来才知道上了当，已无济于事了。他说小菲在河北衡水下的车，早不知跑哪儿去了。

夜里下了大雪，一拃厚的大雪，把泥河结结实实捂了起来，第二天太阳一出，晃得人睁不开眼。

绿米、秦如瓦、孙少红搓着手在风雪中转圈儿："这可怎么对她说？怎么对她说呀！"

办法是没有了，但现实总得面对，三个人一走进病房，杜梨就睁开眼，朝着他们微弱地笑了下："都来了呀，孩子呢？我看看孩子。"

孙少红和秦如瓦低下头，不知道该说什么。杜梨看着脸色蜡黄的绿米："怎么？为什么都不说话？孩子——"

得知孩子被抱走，杜梨发疯一样挣脱了众人的阻拦跑了出去，泥河中学、土地所、面粉厂、黄海农场子弟中学、新华书店、水产店——泥河大街好长啊——杜梨穿着单衣，在雪中翻滚。

每个人都告诉她一遍，小菲走了，上了武俊国的车，走了，追不到了。

天哪！

杜梨披头散发，一阵风似的掠过石桥向西疾奔。兽医站西边再也没有建筑了，公路两边是一望无际的荒碱地上皑皑的白雪，"大跃进"时留下的几座砖窑顶着白帽子，像蹲坐在雪地里风烛残年的老汉。窑北是一大片杜梨树，早就落光了叶子，渐起的东北风下，纤细的枝条挑着一层新雪，在寒风中瑟瑟发抖。

天哪！

杜梨跑啊跑啊，无边的雪野在她面前摇晃起来。

赶来的人，七手八脚把她抬起来，裹上大衣，送回了谷仓。

直到案发、死去，杜梨的产后风，都没有完全治愈。

杜梨在第二年初秋的一个晌午下了地，她穿好衣裳，扶着床头缓和了一会儿头晕,然后走到门口眯眼向门外看了看,接下来就着门后的脸盆洗脸。绿米说,看上去,她心情很好,在跨出门前回头对绿米说:"哎呀,像躺了几十年,要躺成死人了,出去走走吧。"

那天看见杜梨外出的人后来回忆说,她穿着一件方格翻领上衣,浅灰色长裤,先是慢慢地在谷仓向南的小路上踱步,而后向右走上泥河大街,边慢慢走边和街上的人打着招呼。也许,人们因同情她丢失儿子的厄运已经忘掉她所有的不好而同她热络起来,她甚至走进原来的红太阳劳保用品店,和店主崔红英说了几句闲话,最后听崔红英说生意不好做时还打趣说等她好了,再盘下她的店,卖毛线。而后,杜梨微笑着从劳保用品店出来,一直向西,在秋日暖阳下寂寥地走着,走向街西口的小石桥。孙少红正坐在客栈门口修一只木椅子,看到她走过,他大声请她进屋坐坐,杜梨朝他摆了摆手,继续向前走去。

小石桥啊,承载着杜梨命运的小石桥啊,在秋日正午的阳光下,杜梨悠闲地走向她,并在远远地看到小石桥上聚集的人群时稍稍加快了脚步。

陈新野来到泥河后,一算日子,发现九月三日那天中午,他正乘着开往济南的火车,因为将见到心爱的女人而心潮澎湃。陈新野说那时走到吕梁,突然想起忘了带上当年杜梨为他织的毛衣又下车返了回去。谁知,这一返,就是五年。他到家后,邻居告诉他,他刚刚离婚的前妻捎来信说查出病了,很严重,想见他一面。

他稍微拿捏了下,感觉泥河的好日子还长着呢,于是放下行李,坐车到延安,这一去,照顾了前妻五年。等安葬了前妻,来到泥河时,等待他的,只剩下一个坟包。

一切都是命,陈新野说,谁都逃不过。

那天,杜梨也一步步,走向她自己的宿命。她来到石桥上,像多年前一样,分开人群走了进去。

秋风撩动着她的衣物和头发,她上前摸了摸正在尖叫的男孩的额头,平静地听完了抱着男孩的年轻妇女的控诉。杜梨问:"真是畜生,去告他呀!"

人群发出低沉的嘘声。紧紧搂住惊厥的男孩的年轻母亲好像这时候才认出了杜梨,她没好气地抹了把眼泪,恶声说:"告他?他是公社书记,我们是什么?告他,你说告他就能告他吗?"旁边接着有人说孩子从那畜生屋里跑出来时,派出所那个姓庄的副所长就站在路边上和人聊天,连头都没抬。说话的人突然像想起了什么,缩回了头。

杜梨问:"真是何建邦吗?"

零星地冷笑了几声后,再没人说话了。

在桥头站了好久,最后,她看了一眼缩在桥头的母子,看到男孩两条赤裸的细腿在他母亲的怀抱中不住地颤抖,而那母亲,正用解开的衣襟努力地将孩子往怀里裹。母子旁边的地上,是一件沾着血迹的深蓝色童裤,杜梨弯腰拾起那件皱巴巴的裤子,转身走下桥去。

无垠说她不知道当时有没有人因为她母亲和何建邦的特殊关系而说出什么，也不知道她母亲是不是因为她和何建邦的特殊关系而产生过迟疑或者别的想法。鲜血已流尽，尘埃早已落定。如今，事发时的细节像露珠一样消弭在岁月的风中，只剩结局的落叶在泥河镇上空飘零。

久病初愈，像镇北长满了谷豆高粱的土地一样柔软坦诚的无垠母亲走下石桥，她边走边往路两边看，走到红星五金店门前时将路边的一块青砖抓在手里，人群很快将石桥上的母子抛弃，呼啦啦跟着她向东走去。

绿米说，她那时刚做好饭，正站在门口泼掉淘洗腌渍雪里蕻的咸水，她看到人群漫过巷口，以为大街上又来了耍猴艺人。

泥河大街上的人，把那天的一切描述得极为详尽。

人越聚越多，后面的人甚至都不知道为什么要跟着，踏起的烟尘久久不肯落下。过了大波音像店，有人大声问杜梨："是要杀了他吗？"杜梨没有说话，紧抿着嘴的杜梨不停地左顾右盼，走到老孙家肉铺前时，她扔掉手里的砖，抄起肉摊上的尖刀。老孙从屋里跑出来，大声吆喝："你们要去干什么？干什么去？"

没有人回答他，老孙那时候还没有发现肉摊上少了什么，他面前人群肃穆，脚步声哗啦哗啦。老孙后来对人们说那天分明是个晴天，他还记得大街两边晒满了衣物，但他无论怎么想，那天的颜色也是昏黄色的，像他母亲出殡时那个阴天的黄昏，还说走在队伍前面一手抓着一件衣物一手握着刀的杜梨，没有影子。

后来,老孙才发现肉摊上的尖刀不见了,他老婆说他喃喃地说了几遍"这是要杀人啊"后追着队伍跑起来。老孙要追回他的刀,他不想他用了半辈子的那把快刀被当作凶器没收了去。但已经来不及了,他没有力气分开队伍跑到最前边。两边拥来更多的人,把他挤到后边。他气急败坏地在街边跺着脚,大喊:"放下我的刀啊,还我的刀啊!"

接近公社大院时,有几个人突然跑起来,很快离开队伍超过杜梨跑进大院,他们冲进大院后高叫:"要杀人了,要杀人了!"分布在人行道两侧的土地所、财政所、派出所,还有民政所和法庭的人都听到了叫喊声,他们从各自办公室的门和窗口伸出脑袋,但很快又缩了回去,直到黑压压的人群拥进院门口,他们才警惕起来,互相问着怎么啦,跑了出来。

但队伍前边已经响起尖叫声,尖叫声一浪高过一浪地向队伍后面荡开,后面的人就踮起脚,互相问着:"真杀吗?真杀吗?他娘的!真杀呀!"

前边的人说,杜梨推开何建邦的门后,他们从门缝里看见何建邦正在门边用一支牙刷蘸着水刷洗长裤膝部的一块污渍。他看一眼杜梨,直起身说:"哎,你怎么来了?进来,进来呀。"杜梨伸进手去,把孩子的裤子扔向他。何建邦一把接在手里,脸上一怔,但很快冲着杜梨笑了起来:"闹着玩的。"何建邦说着欲将牙刷放回到窗台上时,突然从半开的门缝里发现了跟在杜梨后面的人群。有人说他打了个冷战,也有人说他的脸立时就灰了。杜梨挥起刀,他抬手挡了下,刀尖划伤了他的手腕。他后退了一步,看了看杜梨,大声道:"啊,是老孙的刀,割猪肉的刀有病毒你知不知道?快放下!"然后朝门外的人群说,"快散开,该干啥干啥去!"人们说,就是在他朝门外说话的时候,杜梨得手了。

只一刀,准确地捅在心脏上。

案情很简单,判决书上说,杜梨在法庭上做了"逻辑严密,除当事人外其他任何人都不可能提供的确定性陈述"。

杜梨对自己的罪行供认不讳。

判决是死刑,立即执行。

刑场就设在镇南泥河的河滩上。

那时节,泥河南岸,是无边的田野和林地。彼时,充满希望的秋天,田野上已经泛起谷豆香气,农田北侧的河滩上,作为刑场背景的是灰绿色杜梨树丛和五颜六色的人群,有人说泥河镇和周围村镇的人们海啸一般拥向泥河镇南的滩地,争相目睹杜梨的死刑。有人甚至没顾上吃饭,拎着烧饼和油条一大早就赶到,为的是站在头里,要比别人看得更清楚。

一声枪响,杜梨仆倒在她唱着歌流着汗抹着泪抱着孩子耕种的大地上。

无垠很想知道,她母亲最后一眼看见的是什么?那一刻有没有后悔?最后,她想的是谁?她倒下的时候,有没有看到河南岸那一大片果实累累的杜梨树?

下篇

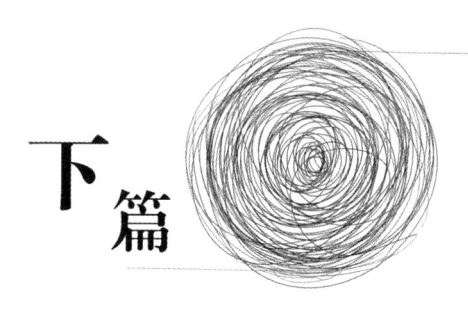

17

杜梨：蔷薇科梨属落叶乔木，枝常有刺。生平原或山坡阳处。抗干旱，耐寒凉，通常做各种栽培梨的砧木。

砧木：是指嫁接繁殖时承受接穗的植株。砧木可以是整株果树，也可以是树体的根段或枝段，起固定、支撑接穗的作用，并与接穗愈合后形成新的植株。

秋日，过午，窗前，两鬓霜花的白铁军对着整理出来的这两段文字陷入沉思。他在猜测杜梨的父母为什么给她取这样一个名字。一个农学者，一定比他更明白砧木的含义呀。

他决定去同秦如瓦谈谈这件事，他知道这有点无聊，但搞清楚一个朋友名字的来龙去脉,不是比其他的事更有意义吗?也许,他只是借着这件事出去走走,好长日子没见老友了。他摘下花镜,走到门口,从衣架上取下夹克抡起来披在背上,然后一只胳膊又一只胳膊伸进去,整一下后脖颈处,再坐到一只小木凳上,一只又一只,换好鞋,走出家门。

从泥河中学到石桥头,再从石桥头进入长街,一步步丈量过街面,他内心深处犹如潮涨潮落。他走了那么多路,见过那么多人,但他的青春,他的一辈子啊,竟然一刻也没离开过这条灰扑扑的街呀。

每次,一过石桥,他就会心跳加快。其实,石桥已不是当年的石桥,变成了比当年的石桥更宽更高更长的水泥桥,桥两边是结实牢固的一米左右高的水泥垛墙,石板、雕栏、水云纹,旧时石桥的一切故事都没有了,只有桥下的青麻、水蓼、芦苇、苍耳棵子尚在摇曳。

"雕栏玉砌应犹在,只是朱颜改……"

应犹在吗?什么都不在了,只有老迈的皮囊和渐渐消退的往事。他清了下嗓子,好像提醒自己要振作,要瞪起眼,要与这骇人的时光斗争下去。

大波音像店呢?红太阳劳保用品店呢?老石家的黄鱼店呢?毛三布店呢?吕家面酱铺呢?街边的并蒂槐树呢?树下的棋盘呢?下棋的人呢?武沈阳、毛北京、小索镇、李广州,这些瘪孩子呢?都跑哪儿去啦?

只有各种海鲜馆、川湘菜馆、家电卖场、时装店、电信移动营业厅、网吧超市快餐店……

往事像加足了酵母的面团,不待白铁军走到农场医院后院,他的胸腔已被撑得满满当当。他欲举手敲响那扇铁皮院门,却发现门鼻上挂着把锈迹斑斑的三环锁,郁堵和悲愤混合的情愫忽地升起来,很快驱散了来路上的伤感和怀想。他像一个赌气的孩子,在门口哼哼了几声,转头快步离开医院家属区,走出医院大门,向东一直走过原来的奶牛场、现在的建筑预制场,从原来的断头柏油路、现在向东北延伸的水泥路走进荒地,一直走,拨拉着蓬蒿罗布麻芦苇绊草苦菜,一直走,直走到孙少红的"古城遗址"才停下脚步。

"古城遗址"已经被"巨人商砼"建的料场占去了多半,只剩下西北角的断坝残堤微微高出地平面,如果不是有几处堆着碎石头,真不好在漫天漫地的荒草中一眼就寻见。

他双手分着荒草前行,绕过"古城遗址"西北角向东走,走过一片枯死多半的老柳树林后,在一片荆柳丛中拨拉出一个矮小的坟包。坟包上覆盖着细叶的茅草、狗娃花和羊角铃,南边苇秆上缠绕着一丛紫色牵牛花,那是春季时他从楼下移栽过来的。

他往后退了两步,在十几块砖头垒起的"座位"上坐下来。

身边有唰唰的风声,草丛中有吱儿吱儿的虫鸣,再远一些的洼地里有水鸭子叫,更远些商砼公司的料场上,有搅拌机笨重的轰隆隆的旋转声,这个世界,真是既喧闹又安静啊。白铁军看着坟包,脸上挂着浅淡的喜悦。一只又一只树鹩飞落下来,在坟旁的苇秆上摇曳一下,又振翅飞起来。

"袖儿——"

一丝气流冲过上颌,白铁军感觉有点痒痒,这是他第一次也是最后一次把她的名字叫出声儿来。尽管声音那么低,他自己都听不清楚,但他还是别过脸站起来要离开了,他有些不好意思了。

他又开始沿着来路拨拉着野草往回返,在被一丛萝藦绊了一下后,边走边闷声哼哼起来,越走越气,等再一次看到水泥路面,竟然连脸都拉下来。他站在路旁的荒草里懊恼地清了下嗓子,气呼呼地退回到水泥路上,回应了一个路过的中年男子(大约是他当年的学生吧)的问候之后,在路边倚着一棵白蜡树坐下来。他脱下鞋梆梆地在路沿石上磕着:"太过分了!太过分了!"

他大约自己都不知道在指什么,要是有人看到这个暴躁的老头儿,会感觉整个世界都不再厚道了,都学会了欺负他这样一个没有任何坏心眼的白发苍苍的老人。

这时候,他已经忘记了从街西首到医院来的初衷,他甚至根本没有想过为什么又从医院来到这里,他就是生气。他将嘴唇抿出一道道细密的竖纹,双手分别在长裤和衬衣口袋中摸索,最后摸出那只平时用后习惯性地掖进口袋中的放大镜。

他坐直,举起放大镜,转身看了看白蜡树皮,看了下正在树身上快速爬动的一只蚂蚁,回转身看了自己面前地上的一丛燕子蘘衣细密的和马齿苋卵圆形的叶片,然后举高放大镜,向天上看去……

这时候,秦如瓦正在"米兰小镇"小区内的楼宇间徘徊,明明前段时间刚来过,就是一栋挨着变压器、门前有三棵紫叶李的楼,为什么找不到了?她手里提着一只本白色帆布袋,帆布袋里装着一只玻璃罐头瓶,瓶里装着她夏天就做好的已经发酵出香味的韭菜花酱,"小白"一入夏就嘱咐她做好后千万要给他留一小瓶。

泥河就这么一条街,这么直,这么空阔,无遮无掩的,两个人怎么就走岔了呢?还是一个比另一个早走开了些时候?到底是谁早走的?几点走的?都没注意呀,他们的时光,早已不用一只表来计量了。

秦如瓦退回到小区通行路上,茫然地原地转了一圈儿,没看出哪栋是"小白"家所在的楼。她拦住一个推着婴儿车的年轻女子,问白铁军的家在哪儿,对方摇摇头。她又说,就是白教授啊,那个什么专家,白铁军呀。对方又摇摇头。她心说,这样的人物你怎么就不知道呢?但是没有办法,她问了几个人,都没问出结果,只得退出小区,沿原路返回。

——放大镜中,白茫茫一片,根本看不到半空里飞的那只白鹳,也看不到更高处的云,远处河滩边上的杜梨树和苇荡,一点也看不见——他终于举累了,将手搭在屈起的膝盖上,合上眼,没一会儿,又一次来到了那片苦楝子树下。

树和树下的蔷薇丛在他一生的回忆与凝望中疯长,枝叶交缠,繁茂葳蕤。他走啊走啊,从泥河走到县城,从县城走到省城,从省城走到京城,却一天也没有走出那丛越来越散发着清苦气味的枝杈和藤蔓,夜幕低垂或者艳阳高挂,斜风细雨或者月朗风轻,正在工作或者用餐,或走在路上,或与朋友相聚,或毫无防备,那片枝丛忽地兜头扣下,咕咚一声,像那个傍晚突然栽倒在平地之上:毫无征兆、猝不及防、时间、蝉鸣、摇动的枝叶、心跳、世界、停滞了……

傻子云台穿着只有一条袖子的毛衣,腰里扎着一层又一层塑料薄膜,手里甩着三五根荆柳枝,哼着歌,从北边苍莽的原野上蹦蹦跳跳走过来,边走边不时回转身向后招一下手。他走到大路边,欢快地叫了一声,嗖地跃上路面,得意地左右看看,摇头晃脑往南蹦跶了几步。倚着树的白铁军,终于落入了云台眼帘。

"啊,师父且停下,前方……前方有妖怪!"

云台转身嘱咐好他想象中的师父,然后屈起腿,挠了挠脸,手搭凉棚观望了一会儿,不见树下人动,他扔掉手中的荆柳枝,试探地蹑脚向前,在离白铁军数米远的地方站住脚,迈出一条腿,手在耳朵边绕了一下,伸出食指变成的"金箍棒"戳了一下白铁军的肩膀。

"妖怪,且莫再装作好人出来为非作歹,不然,休怪俺老孙……"

白铁军面部突然抽搐了一下。

没有人知道他已经跌倒在五六十年前六七十华里外县城的苦楝子树下有些时候了。夜幕像流从他身上脸上淌过,微风牵动着几枝蔷薇蔓条,在他头边轻轻摆动。两三个行人,匆匆过来,草草朝地向下看他一眼,又迅速地离去。一只土狗,从蔓丛中钻出来,走到他身边,嗅完了他的头脸又嗅他的手。直到一位着装齐整的公安人员,骑着一辆凤凰牌平把自行车,悠悠地向他驶来,这只狗才离开几米,望着他。公安人员走到近处发现白铁军后扭头紧盯着他,像运动会上各班的旗手正在经过主席台。他的车前轮蛇行中碰到了路牙石,摇晃了几下,差一点栽倒时他才慌乱地跳下自行车,一手扶着车把,一手拽住车后架调整了下车位,调整到他满意的角度后支起车撑,走到白铁军身边,拿手试了试他的鼻息:"×,这个点就喝醉。"骂完后骑上自行车,扬长而去。

土狗又走过来,开始舔他的脸,叭叭有声,他终于被舔得打了个喷嚏,土狗吓得远远躲开。他抹了把脸,双手撑地翻身,挣扎着想坐起来,却不由自主仰面重新躺倒在地上。在后背接触到地面的一刹那,他的心像被猛地拧起,一阵阵绞痛。

休整了片刻后,他坐起来,看看四周,平整干净,他努力回忆为什么在这么个地方。但他什么都想不起来,他的人生和大脑在那一刻或一段时间,出现了可怕的空白,就像被人拿利刃唰一下剜走。他向街头看,人影车影,恍恍惚惚。

这一刻,他突然决定,回去,回泥河去,这就走!

砖地清凉,淡蓝色的夜风渐起。他从地上爬起时,手触到了一个什么东西,他拿起来,是个长方形纸盒子。他机械地抱着纸盒朝前走,走到路口,看到路灯下的蓝顶岗厅,他才想起,他在县城啊,他是来开会的,刚才,他是去医院东边步行街上买一双女式皮鞋的,是啊,就是怀里这双。

他打开盒子,一双小巧的襻带半高跟牛皮鞋在路灯下闪着光,他心里一阵暖流涌动,噢,对呀,这就是我买的鞋呀,噢——好像,难道……我晕倒了?

他终于想起来,他是两点半到会场签了到,进会场听了半个多点钟头,看教育局参会的领导走了才开小差出来的。他抬起手,仔细看了下腕上的金鸡牌手表,快八点了。他的胃响了一下,他环视四周,终于想起自己该走哪条路了。

后来,到了老年,他同秦如瓦讲起时,说返回旅馆的一路上,他不停地想起童年时一把铝制的小汤匙和他母亲年轻时常穿的一件藏蓝色布盘扣立领上衣。

他记得,他母亲说,小汤匙是他一个叫新安的本家叔叔送给他的。这个出了五服的叔叔对他极为喜爱,叔叔在一次推着独轮车出队里的劳力到很远的地方干活回来时,特意去公社集上买了那把小勺送给他。幼时的他,虽然不通这里边的人情,但对那把小汤匙是极为喜爱的,每一餐,都握在手里,哪怕是吃粉条,也坚决不换筷子。在那之前,他从来没有见到过那样银白的、精致的汤匙,把儿上有排列得极为悦目的鸢尾花纹。爱生活中的美,向往生活中一切可能出现的美,是人的天性,而这把汤匙,多么像是白铁军生活经验之外的馈赠啊。他的新安叔叔,在 20 世纪 90 年代末喝农药死去了,不知是因为生活的不易还是精神的创伤——

这一切,白铁军很多年都不愿意想起,更不愿说与他人知,好像这是极为宝贵又脆弱的一件东西,两片嘴唇一碰,就会碎了。

"而那件布盘扣立领的上衣,我母亲是多么喜欢啊!"白铁军说,"可是我为什么在那个时候想起这些呢?真是没来由的。"

他记得只有在节日或者出门参加喜宴的时候,他母亲才在前一夜从箱子里取出这件衣服,用重物压一夜衣褶,第二天早晨服服帖帖地穿在身上。他的母亲小圆脸儿,皮肤细腻白皙,圆润的下巴颏儿正好在立领口儿的小花丫儿处。他说每次看到他母亲穿这件衣服,看到母亲微笑时下巴颏儿处的褶皱,他就想起他们家屋前曾经生长着的一片浅绿的青麻,亭亭的秆儿,疏落有致的圆圆的叶子层层叠叠地微微摆动,叶片上有个小小的尖儿,让原本圆溜溜朴素的叶子,显得那样俏啊。他的心,在这时,喜悦得都要开出花儿来。他还想,他当时为什么不去求着母亲抱一抱他,他也正好可以亲吻母亲的脸呢?但他不好意思,他站在那里,甚至有些手足无措地看着母亲,看着母亲的笑缓缓地流逝在风里。

秦如瓦听得次数多了,开始惊叹世界的玄妙,感叹之后就越扯越远,慢慢又讲一遍她从别处听来的有关这个世界上究竟有多么不可思议的人和事。比如她听绿米讲过的下河一个"再生人",死后第三天,正出着殡呢,突然从灵床上坐起来说渴死他了,吓得满堂子孙跑得一干二净;还有听马秀银说的,有个死去的男人,天天夜里去看望他改嫁的妻子,并且每次都带去一只拧断脖子的野兔子挂在门上,最后他妻子的后夫终于熬不过恐惧,把他妻子送回了原来的家;还有听陈新野讲他们村有个叫谢福远的人,一天前往自家地里干活,看到邻居家十三四岁的小儿子趴在沟底,他滑下水沟拉起他来往家送,送到村口,那孩子递给他怀里抱着的一只布老虎,便跑了。他去邻居家送布老虎,那孩子的妈说孩子病得在炕上躺了好几天了,根本没出门,见他不信还拉着他去里屋看,进屋见孩子不动,一摸,已经凉透了……

然后两个人啧啧地感叹一通,然后——秦如瓦就生出些的疑窦,她说:"你突然决定回来,是不是早就待够了?毕竟,哪个人,会开多了,也烦了。"

"那怎么可能呢?你又不是不知道,那年月,能代表学校到县里开会,是多大的荣耀,怎么可能开够了?你净开玩笑!"

白铁军有点不高兴了,声儿一高时脖子上的青筋都暴出来。秦如瓦就不再作声了,只默默地听他深一脚浅一脚地回溯,在心里想,人啊,真是经不起天天絮叨,这可像熬粥一样,前一把后一把地紧着添柴草,早晚都得熬煳了。

但白铁军丝毫不理会她的皱眉、左右看、时不时咳一声或者卷卷袖子又放下来之类的小动作,兀自沉陷在久远而玄之又玄的入夜。

那天,他抱着鞋盒子,一阵又一阵痒酥酥的感觉由指尖儿开始攀手臂上行,至脖颈,至后脑勺,然后整块头皮发麻发紧。他不由得疾走了一段路,直到经过气象局办公楼前广场上漆成蓝色的监测仪器时强迫自己慢下来,驱赶着头皮和满脸的酥麻,他环视四周,左侧是气象局家属院,几栋楼前都晃动着浅淡的人影儿,有人在吆喝小孩子,楼门口处有棋局,正争得热火朝天;他的右侧是气象办公楼和楼前的广场,广场之上稀稀拉拉矗着几棵梧桐树:这些,白天里,他早已看得清楚。

路上的行人是一些形状各异的或深或浅的影子,带着味道不同的气流或疾或慢地与他擦肩而过。有一辆马车过来了,赶车人坐在车辕上,甩着长长的鞭子。这些真实热烈的生活场景让他心情稍稍安顿了一下,但很快,他又恍惚感觉自己正行走在泥河大街上,那不,前面路口处就是街西口的小石桥了。路口玉兰花状的灯柱又很快让他清醒过来,他轻咳了几声,甩了甩头,心想,我这么心急火燎的做什么?又没有什么事。

但他还是压抑不住随时都要狂飙起来的步子,很快返回了招待所。

屋里热气蒸腾,同房间玉林镇中学来的青年教师陆辉,正在就着脸盆擦澡。白铁军绕过擦澡的人从铺位下抽出一只大提包,开始把床头柜上的肥皂、毛巾,在床下放着的一双篮球鞋,床头壁挂上的衬衣,刚买的新皮鞋,一一装进提包里。

陆辉擦好澡,并不管地上的水盆,套上短裤和背心从他床上拿起一张纸凑过来给白铁军看。陆辉打开床头灯,指着名单上一个用黑框框起的名字说:"白老师,你看这人都死了,为什么还保留着名字?我们原来和一个死人一起开了会。"白铁军放下提包,眯起眼,艰难地看清楚黑框中的三个字:"刘范今"。他从来都不认识刘范今,但看到那个黑框,听到"死人"两个字,他头皮发麻。他说不出话,接连艰难地吞咽。

陆辉终于察觉出了他的异样,连声问:"白老师,你怎么啦?怎么啦?你没事吧?"说着把手搭上他的额头摸了摸惊呼起来,"天,这么大的汗珠,你在出冷汗!"他本想抬头看看陆辉,微笑着告诉他没事。但他头一抬,看到陆辉嘴角的那颗小小的肉瘤时,他决定还是不要多说了。他关掉床头灯,站起来走到门口,背对着陆辉说:"家里有事,我要请假回去了。"

他绕到旅馆宽敞的后院,在那里转了几圈后,大踏步到一楼会务组请假。

会务组房间门上贴着一张白纸,上面有黑色的"会务组"三个字,字体俊美流畅,一看就知道是出自某人情练达、洞悉世事之人手。他瞟了一眼,这张白纸和其上的黑字,却在以后很长时间里反复搅扰他,一遍遍在他脑海里飞过,落出一道道黑白相间的烟气,让他感觉和那天有关的所有的事物都那么不祥,或者说,都在提醒他。县教育局副局长马思贤的脸那晚上和白天相比特别宽大,与下午会上他见到的马思贤判若两人。马思贤说话之前先提起一口气,话音发出来时喉咙里也发出沙沙的杂音。马思贤端着一个白瓷茶杯,半杯茶水,杯沿儿以内全是厚厚的茶渍。白铁军盯着那层厚茶渍说着请假事由。马思贤耷拉眼皮听他说完,点着头说:"好,好啊。"但马思贤在白铁军将要走出门时又把他叫住,说:"你急着回泥河?"看他点了点头,马思贤两片厚嘴唇又动了几下,"你家不是在青岛吗?"白铁军马上说是学校里有事。马思贤慢悠悠地晃晃脸上的肥肉,说:"嗯,好吧,好吧。有个事儿啊,本不该早说破的,就是局党组已经做出决定,也已经与人事部门对接好了,可能,嗯,短期内,就调你来县一中。"

来县一中,曾经是他梦寐以求的。

可是,这一天,他高兴不起来。甚至,他根本没有听到心里。他只记得几滴亮闪闪的汗珠,顺着马思贤的脸颊往下流,流到眼下的横纹处迅速向后滚。他离开会务组房间,径直出了招待所大门,大踏步向东走去。那是泥河的方向,那是苏袖儿的方向,今夜,他要向那里狂奔。

白蜡树下,云台接连戳了几下白铁军的肩膀不见动弹后,凑到白铁军脸前,抬起眼皮左右端详。白铁军嘴唇发紫,紧紧握住放大镜手柄,脸上肌肉不住地痉挛,眼珠子在眼皮下快速转动。云台的目光,慢慢移到白铁军头上,被白铁军仔细打理成三七分的头发,灰白间杂。云台高高抬起一只脚,慢慢落在白铁军身侧,然后向前探身,伸出拇指和食指从后者前额移到耳边,又移到头顶,又移回来,在前额处捏住一小绺灰白的细发,提了一下。

白铁军没有睁眼,但面部肌肉痉挛消失了。云台松开手指,端详着他的脸。不一会儿,白铁军面部又开始抽搐,云台不知道他已经出了多年前的县城招待所,已经在向泥河狂奔。他无心欣赏头上水盆一样明晃晃的月亮,一只手在肩前紧拽着提包带子,在并不平坦的马路上深深浅浅地向前,如月色之海上的一叶舢版。云台也不知道他微微张开嘴,吐出一口气时,那是他已经出了县城,走上了向东的公路。

官道狭长,如川如练,路两侧的杨树哗哗啦啦,墨黑的林子里,有鸟叫,嘎嘎呀呀,路面上不时蹿蹀过地鼠、貔狐和兔子,不时有野狗,或近或远地尾随一阵子。

云台眼中白铁军握放大镜的那只手肘突然向外抖了一下,那是他走过一片弥散着清甜味的高粱地时将提包换了下肩。云台不知他赶路辛苦,只感觉这妖怪要有所举动,想着举起手,手腕飞快翻转着向后一跃,嘴里叫着:"呀,呔!妖怪,哪里跑!"想象中的金箍棒落在白铁军的天灵盖上,云台向后翻了个跟头,单腿跪地,转身挠了下脸,甩起头尖起嗓子叫道,"师父别再念了,你肉眼凡胎——这本是妖精施的障眼法儿!"

准是紧箍咒一直没停,云台叽里呱啦叫着在地上狂乱地翻滚了好一阵儿,最后滚到路对面,扶着一棵树站起来,先是慢慢直起腰,扶着头略微稳稳神儿,而后转身高高抬起一只腿,一只手举在半空,艰难地转动着手腕,想象中的金箍棒,大约又虎虎生风了。

"好糊涂的土和尚,别怪我老孙不客气啦!"

他说着高高跳起,手起棒落,脚尖上腾起细碎的尘土,得手后的姿势保持了一会儿后,向前跨了一步,伸出食指和中指,试一下已倒地的师父的鼻息:"去找南海观世音告状去吧!"云台向前抓了一把土块扔在半空里,一脚踹出去。

"两位师弟,且分了马匹行李,回你们的云栈洞、流沙河吧!"

云台摇着手送走两位师弟,怅然了一会儿后一抹脸,站直身子,整理下表情,庄严起来,走到白铁军跟前,双手合十在胸前。"阿弥陀佛!"云台说,"老人家,我乃东土大唐前往西天取经的僧人——"

18

我从来都知道你那些心事

草木已枯黄

碧绿的衣襟

将世间万千裹藏

听

大地深处

夜莺的叫晕染过裂岸

你无声地笑

沿着暗夜边缘

流淌

　　白铁军突然抖了下肩,闭着眼艰难地扯动着嘴角。他越走越疾,已经过了下河镇北大片大片的水稻田。北边高耸的两道防浪坝像陡立的潮墙,借着月光向他滚滚而来,他又一次把提包换到另一侧肩膀上,有意识地深呼吸之后跑起来,一气登到坝顶。

　　他嗓子里发出含混的声响,抵着白蜡树的头向一侧歪了一下,马上又正过来。云台紧合着双手,弯腰探身试了一下他的鼻息后盯着他的脸:"老人家,醒醒,你还有什么话留下?"

　　他不知道,白铁军此刻正站在月下的坝顶,朗诵他毕生唯一的诗作。坝南无边的水田旱地哗哗涤荡着月华,坝北广阔的盐碱地泛着镜样的明光,天地万物翻涌奔流,混淆了黑夜白昼。白铁军在坝南沃野谷豆醇香和坝北碱地上缕缕清苦中放声朗诵,坝下丛林中飞起一群又一群夜鸦,扑棱棱在夜空里翻转几下又隐入丛林。

　　在写下这首诗之前,白铁军从来不知道自己会写诗。他最好的朋友、同校的体育老师苏向阳更不相信是他写的,直到后者发现了那幅画。

　　那首诗,一字一句,在他心里酝酿了很久,终于在一个正午,被他一笔一画誊抄在一块木质小黑板上。黑板是他在一块三合板上刷了几遍墨汁,四周用细木条镶边做成的。上端正中打孔穿进一根细麻绳做吊带。用彩色粉笔誊写完诗作之后,他跑到后勤处,从维修工老孙的工料箱里挑了一根最锃亮的钢钉揳进墙里,带着甜蜜的、几乎又是虔敬的心绪将黑板工工整整挂在自己床头。

草木已枯黄——裹藏——夜莺的叫——暗夜边缘——

他喃喃地念着这首诗,一遍又一遍,心想,为什么是"暗夜边缘"呢?为什么是"无声地笑"?为什么还要"流淌"?这些词汇好像不是他琢磨过无数遍的,而是现在才跳到他眼前,一连串的问号在他脑海里盘桓起来,让他生出些心慌。他跳下床,穿好鞋,站在床尾盯着诗又读了一遍,然后很冲动地重新跳到床上,举手想把黑板摘下来。

但最终,他没摘。

那是他写的第一首诗,也许是最后一首。他不想轻易否定它。

西风已渐起,阳光尚焦灼。云台分开合十的双手,捏住白铁军正在跳动的耳朵,他不明白这个白发苍苍的老人,为什么满脸都在跳,他不知道那是白铁军在欣赏完自己的诗作,躺在床上后听到了门口的菊芋被风刮得嚓啦嚓啦响。他很想起身去关门,但又感觉累,他抬起头,看到落叶被风卷过门口,有几片慌慌张张地跳进屋里,翻滚几下,在门边伏住。

有两片卷曲的梧桐叶子最终停在苏向阳脚边。

苏向阳趿拉着一双蓝塑料拖鞋,正在仔细地往他刚刷干净的双星牌白运动鞋上糊卫生纸,对那几片被命运旋进屋的叶子丝毫没有察觉。白铁军想起刚刚与苏向阳同屋,笑他"像小娘们儿绣花儿一样"往运动鞋上贴卫生纸的时候,苏向阳正色告诉他,作为一个体育老师,运动鞋像脸面一样重要。"形象即英名。"苏向阳说。他说,一双刷不干净的运动鞋,会让他在全校、全镇、全县全市的教育系统中,英名尽丧。

那时,白铁军还听到了东边操场上传来的哨声,在平日,他认为哨声有节律而欢快,像一首首跳跃昂扬的青春组诗,那天却让他开始心慌意乱、烦躁不安起来。他再次用手捂住胸口,远远地将目光罩在苏向阳的双手上,看那些修长的手指在鞋面上扑来扑去。正午的光流从门口窗口一泻而下,苏向阳的手指像在琴键上跳跃。他从钢琴又想到了手风琴,又想到了抱着手风琴的郭少安,和跳舞的李楠楠,又想起后天是礼拜三,是秦如瓦约他们去汽车站南边的树林里野炊的日子。这个念头让他心情稍微愉快起来,他跳下床,跳到苏向阳面前,捏起他的鞋子竖到了窗台上。

"一双臭鞋,有什么好摆弄的?快,看看我的诗!"

苏向阳先是仔细地在门后的脸盆里洗起了手。白铁军说苏向阳洗手和洗衣服、洗澡、刷鞋、洗毛巾、洗脸一样洗得仔细,他将两只手浸在水里,翻来覆去滑拨。白铁军快不耐烦的时候,苏向阳才把手从水里抽出来,在门后雪白的毛巾上一根手指一根手指地仔细擦干。

他看着苏向阳洗手,脑子里又在想礼拜三即将到来的野炊,他还想象得到苏袖儿还会穿着那件绿色的、娃娃领上带着细密芽儿口的上衣,安静地坐或者站,安恬地笑着。

"草木？衣襟？夜莺？还流淌？这哪儿跟哪儿？是你的汪国真？还是你的席慕蓉？你们这些臭文人,就爱故弄玄虚。"

苏向阳发出一连串儿问号后撇了撇嘴。

窗外的菊芋秆叶又在摩擦窗子了,嚓啦嚓啦——白铁军甚至听到了南边泥河水哗啦哗啦的流淌声。后来他想不可能听到泥河水响,因为泥河在镇南边,有一公里远呢。那是个下午,虽然是小镇,但街上也车水马龙,市声嚷嚷。又是秋天,河水不会像夏日盛水期那样丰沛。

也许,是心里想到了野炊时的树林,而树林又紧靠着河边的缘故吧。他想。

"汪国真有这样诗意？席慕蓉有这么深刻？"

白铁军很不满意苏向阳这样说,他感觉苏向阳在嘲弄他。

那天,从来没写过诗的苏向阳,竟然就20世纪80年代的诗歌现象与问题和白铁军争论了好长时间。争论到最后,他们发现各自竟支持了对方刚开始的观点,两人相视哈哈大笑。白铁军认为他与苏向阳说这个,等于对牛弹琴,而苏向阳则认为对于诗歌,只有他这种教体育的外行才能读出好坏。苏向阳认为写诗是件快乐的事儿,不会累,但争论有关诗歌的问题,会累死人。到最后,苏向阳走近两步,站在白铁军床尾,拿手反复捏弄着下巴。

"嗯,枯黄,边缘,裹藏,是有点意思,有点意思。不管谁写的吧,反正,读这些东西,真不如到外边跑一气来劲。你们这些酸秀才,就知道弄这些虚头巴脑的。"

苏向阳长着一张雕塑家精心打磨出的脸,棱角分明,眉眼端正,同时具备雕塑家无论如何也表现不到位的自信与热情。有一阵儿,白铁军甚至认为苏向阳已经成为泥河镇上所有适龄女性崇拜和渴慕的对象,并因此生出了些许自卑和隐隐的嫉妒。

直到他们第一次野炊。

白铁军记得那天苏向阳损了他一通后到外面去了一趟,去得疾回得也疾,一推开门就哈哈地笑了两声对他说:

"我明白啦。你是看上谁了吧?一定是!一定是!"

苏向阳说着,兴奋地把手指放进口中吹了个尖厉的口哨,然后从门后拖出了那把快散架的椅子放在他床头旁,弯腰仔细地把椅面下的钉子扣进椅腿的钉眼中,跷起二郎腿坐在他面前。

那天,苏向阳传授了白铁军"积攒了多年"的求爱秘笈。

苏向阳说得兴高采烈、口沫横飞,激动处脱了鞋站在椅子上手舞足蹈,最后打碎了从屋顶垂下来的灯泡儿。苏向阳顾不上落地的玻璃碴儿和手背上丝丝缕缕的血迹,重新坐回椅子上伏身向前:

"懂了吗?学会了吗?知道怎么做了没有?你这么老实,不听我的,还妞儿呢,你连个毛儿都追不上。你那些诗救不了你,趁早扯下来扔了烧了,还夜莺,还流淌,流你个头哇。瞧哥哥我的,当当当当——"

当当当当——这么多年,无论在何处,白铁军每次想起苏向阳,伟大的《命运交响曲》立即响彻四下。但那天让他最感慨的,不是苏向阳激昂的声调,而是苏向阳伴随着节奏往旁边跨了一大步,做了一个标准的华尔兹男士起始动作。白铁军常常想,是什么样的力量让如此相悖的东西那么协调完美地统一在一起了呢?由此,白铁军认为自己窥到了命运的玄机,也因此变成了一个"不再相信一加一等于二的人"。

白铁军说他对人生的思考起始于那一刻。苏向阳在激昂的音调下做了个并不激昂的华尔兹动作,并且,双脚底全部扎出了血。在他面前,他最亲密的朋友,在那一刻,脸上闪烁出世界上最耀眼的自信与热情,脚掌却血流汩汩。他的手在天堂,将灯泡打下地,将它们作为双脚的地狱。

而让他们的笑或惊呼戛然而止的,还不是苏向阳划伤了脚掌,而是他们几乎同时突然意识到了这个动作的来处。

很显然,他们同时意识到了这一点。在他吃力地背着苏向阳到学校卫生室取出脚掌里的碎玻璃,包扎好重新回到宿舍后,他们相对无言,此后好长时间都感觉难过得无法开口。

后来,白铁军记得那时已到冬初,苏向阳的脚也已经好利落,重新回到操场上带他的体育课。那天晚上,白铁军已经迷迷糊糊、半睡半醒,苏向阳突然在黑暗中大喝一声:"再也不能,再也不能这样下去了!"

而苏向阳的策略,一点没变,还是像《钢铁是怎样炼成的》中的女记者安娜一样大胆地表达心意。他说:"我是个男人,更应该正面强攻,不能连个外国娘们儿都不如!"

苏向阳还指着白铁军说:"对!你也是,正面强攻,有什么话都说出来,说出来!不要只知道揣在心里,像个娘儿们!"

他拉开灯,发现金色的光芒重新回到了苏向阳脸上,当当当当——白铁军退休后回到泥河镇,不止一次对秦如瓦说起那个晚上,《命运交响曲》的调子在他脑海中一再鸣响,面对好朋友的重新振作,他发现自己的心竟然是酸的。白铁军说也许他一开始就意识到了苏向阳悲情的结局。

但他不敢说破。那时候,他与苏向阳一样,满心都是对美好恋情的渴望与希冀。他们想,绝不能倒在追求爱情的路上,"死也要死在所爱的人拒绝他时残忍的舌尖儿上或者折磨他的手心里"。他甚至再次嫉妒地看着苏向阳迈着昂扬的步子,奔波在泥河中学与黄海医院之间的小路上。

而他呢,是没有这份勇气的。

他只是想,很倾情地想啊想啊想啊。

那个漫长的冬季,他在冥想中度日如年。

后来,冥想让他产生了幻觉。

那是某个周三上午,他在课堂上讲解时,竟然看到苏袖儿坐在他的课堂上。他看到苏袖儿穿着他们初见时她穿的那件绿色的圆领上衣,静静地坐在学生中间,安恬地看着他。一双似笑非笑、细长的眼睛让他眩晕。他站在课台上,突然忘了接下来要讲的话。他怔怔地看着苏袖儿,心怦怦跳着,身不由己地跨下讲台,朝苏袖儿走过去——幸亏，及时响起的下课铃挽救了他。

白铁军松了口气。云台盘腿坐在他对面，嘴里咕咕哝哝念着什么，看到他吐出一口气后摇了摇头，站起来重新合十朝西念叨了几句，走下大路，走进草地，弯腰蹲在地上，开始一把又一把撕扯盘踞在地面上的绊草。

一辆拖拉机，突突地冒着浓烟拐过路口，靠在路边树上的老人和路南野地里拔扯着绊草的傻子在驾车人薛代军视野中一掠而过，直到入夜，他被街上的人声吸引过去，才把这一幕和眼前正在发生的事联系到一起。

那个下午，另一个经过的人是放羊的孙大圣，那时候太阳已经偏西，他赶着羊群从东边的荒地走上大路，看到路边树下横着一大捆草，草捆上插着数枝青麻秆、苍耳棵和荆条，他朝着坐在地上搓草绳的云台挥响了鞭子。云台抬起头，见到有人来慌忙站得笔挺，双手合十，羊群过后朝孙大圣微微颔首："老人家，我乃东土大唐前往……"

"×你奶奶的，又疯大劲了！"

孙大圣不待他说完，朝他打了一响鞭子骂道。云台往后闪了两步，看他走过，对着他的背影摇了摇头后坐下继续搓草绳，他的身后，粗粗细细，已经垛起坟头样的一堆。

孙大圣和薛代军一样，直到夜里，被喧嚷声牵到了街上，看到路灯下白铁军被裹在草捆中的遗体，才想起原来他赶着羊群走过路口时看到的草捆，里面已经裹上了白铁军，也不知道他被卷裹进草捆时,有没有挣扎反抗?是晕死过去了,还是清醒着?

当然,那时候他还没有死,只是心绞得难受,在被云台拖到路面上早铺展好的草捆上时,他还抬起眼皮,痛苦中看到西边,再西边,大街边上,秦如瓦手里好像是捏着几根葱,她与一个矮个子的老年男人(他想大约是丘大夫吧)说了几句话后进了医院大门。

他没有看错,秦如瓦没有找到他家,回来后顺路到谷仓打了个拐,把韭菜花酱送给了绿米,拉了会儿家常后,在谷仓(其实已经是黄河口影像文化研究院)东边的菜地里拔了几棵葱回来。秦如瓦其实也看见他了,但她哪知道那是他呢?那样的情形,谁打一眼,也会以为只不过是哪个家里养牛养猪的人正在整理挖割了一下午的草捆准备背回家。虽然她刚刚同绿米说起寻他不着时,绿米还猜测说别是在家里犯了病吧,他心脏不好啊。

谁能想象得到,他会是这样一个死法呢?

他被云台放平时,看到秦如瓦拐进院子,突然想起来,他来医院找秦如瓦,是想和她聊一下有关"杜梨"的事,他看着天,分辨出方向后向南转头,想看一眼泥河南岸边上的杜梨树丛,什么也看不到了,他的高度,只看得到不到两拃高的路沿石,麻灰色花纹,上面匆匆爬行着一只蚂蚁。

"嗯——"

他用上全身的力气发出低沉细弱的长音,可惜,云台正忙着整理绊草绳捆绑他,没有听到。

云台先是用短一些的草绳穿过他身下,把他和铺在地上的草秆菜棵子从头到脚捆在一起,绊草绳勒上他的肩膀和脖子时,他的眼里先是冒起缭乱的金星,而后慢慢静下来。一层又一层深浅的绿蔓延起来,慢慢勾勒出一张脸。

他最后一次想起了那幅画。

是他画的,在冬天的第二场大雪之后,他买来油画颜料和画布画架,用了两天时间让枯黄的芦苇布满画布,又用了五天时间在画布中间画下了心中的女孩。事先他想,画她的脸时,他的心跳会快到疼痛,他的手会颤抖得拿不住画笔,也许,他还会泪流满面,口里喃喃地叫着她的名字。但事实上,整个过程,他都出乎意料地平静。他先用绿色画下了她的上衣,按照记忆中那天的风向画下了她齐眉的刘海,又画下了衣领和衣袖处的齿状褶皱,最后,用细笔画下了她的鼻子、嘴巴、耳朵,还有一笑起来就像弯月一样的眼睛。

白铁军没有学过画,油画更是从来没有画过。他也不知从何处得来的灵感和勇气,画下了她。甚至那天他在走进商店前,都没有想好是买油画颜料还是国画颜料,或者,干脆是几支水彩笔。

他是在秦如瓦组织的野炊聚会上"初见"苏袖儿的。其实,他早就见过她好多次,大部分,是在她家里,她坐在餐桌边,老是微微低着头,一副好学生的样子——但是,以前所有的"见",都不是真的见。

那天,白铁军因为家访,到得晚了些。未等到河边,远远就看到纸鸢样的一抹碧绿在枯黄的苇荡上轻轻飘摇,他以为是参加野炊的哪位姑娘不小心被风刮跑了的绿色纱巾,想着停下,将自行车支在路边,蹚进苇荡——他当然要把它捡回来。他小心地分开荒草,慢慢朝那抹绿色靠近,苇荡越来越深,等走到绿纱巾跟前时,苇荡已高得没人能及。他费力地分拨着苇丛,朝前跨了两步,朝那绿色伸出手——

——什么都没有。

只有密密麻麻、已经脱光了叶子的苇秆在东北风中瑟瑟发抖。

白铁军的手在虚空中停留了很久,心底慢慢生出阵阵惊悸,瞬间感觉后背发冷。"真是见鬼!"他缩回手,飞快地查看了下四周,跟跟跄跄地逃出苇荡。

他永远忘不了那种恐怖,是恐怖,一种不能被证实,甚至不可能被表达的恐怖。他知道他说给别人听只会被当作笑话,说他神经病,说他出现幻觉。只有他自己知道这是真的,和一年后在县城苦楝子树下晕倒后再醒来突然产生的紧迫感一样,逼真,并且过后被证实带着不可言说的预言性。他逃,一心只想逃出去,夺路而逃啊,他已经顾不上爱惜刚刚上身的干净衣服和新皮鞋,苇秆被他踩挤着,发出咔嚓嚓的脆响。他身后、脑后都凉飕飕的,害怕极了,他感觉身后的苇荡里、虚空中,随时都会伸出一只手,乌黑干枯,但有无穷的力量,牢牢地将他攥住。但他后来又想起这一刻时,又想这只手,一定是细长的,不可思议地细长,长长的指甲,指尖上沾着血迹,这只手会轻易地将他摁在苇荡中,啵的一声划开他的肌肤。每次想到,他都像那天一样后背发冷,毛骨悚然。他怀疑《画皮》就是蒲老先生受过类似的惊吓后一挥而就的。

他的爱情,他的初恋,一出生就与死亡和恐怖长在了一起。在苏袖儿身后,他到了省城,到了京城,后来不多的几次约会中,无一例外伴着莫名的恐惧。起先,他的家人都认为他是受了情感创伤,很快就会痊愈,但到他三十大几,看样子他已经决定不再同任何一位异性有情感上的瓜葛之后,家人才慌了神儿,明里暗里让他去看精神科大夫。

但只有他自己知道,苇荡中的那抹绿色,只是他命运的一种征兆。想明白这些后,原本对自己的生活状态也抱有的某种不安消失了,他终于过上了踏实无比的,也是符合他内心的生活。再回头想起失败甚至是荒诞的约会,他都能在心里一笑了之,他与自己、与众人看来正常的生活,与这个世界,甚至是与苏袖儿,达成了默契,拥有了一定程度上的和解。

他三十一岁时,在省城大明湖边第一次与人约会,女方早去了几分钟,坐在湖边夜来香丛中一条休闲长凳上,按照介绍人告诉他的接头暗号——背着一只紫红色皮包,包口敞着,露着一册《小说月报》。他在后边叫了声"小林",女子没有应声。女子肩部瘦削,披散的头发又黑又长,他站在她身后,不敢再出声。足足有十来分钟,女子还是一动不动,他突然被恐怖攫住,头皮发麻,后来深呼吸几次后,他鼓起勇气,抬脚把她踹入了湖水中,直到看清楚她是个活人,在水中沉浮呼救,他才跳下去,将她拖了上来。

他拒不承认他就是介绍人说的小白,谎称喝醉了酒,慌乱地逃走了。

身边的人都知道了他是个怪人,并且说不定还有攻击倾向,渐渐地,女同事都对他敬而远之了。

他三十七岁来到北京,成了某文化机构的中层干部。他的顶头上司操心他的婚姻大事,为他介绍了一个某经济学院的青年女讲师,他们约在后海边儿上的一家茶餐厅会面。餐厅的灯光晦暗,他先到,她晚一些也到了,她进门很自然地认出了他,与他打了招呼后,放下包,去洗手间。他则自作主张地点了餐,呷着一杯柠檬水,等她回来。他坐在那里,竟然发现心底生出些期待,他还想,如果情况不是太坏,就认真处处吧。女讲师在卫生间待了足够久,他看着她从木质、顶上摆满绿萝的隔断边拐过来,款款地向他靠近,最后,在他面前入座,抬手往旁边挪了下手包——

"哦——"

白铁军发出一声短促沉闷的惊叫,噌地站起来朝门口奔去,餐桌的贵妃腿绊了他一下,他一个趔趄,直直朝斜对过的桌角撞去——

待他在地上坐起来,捂着流血的额头发出一声迟到的惨叫时,那女讲师已经穿好外套,骂了一句"神经病啊",扬长而去。

而他,则紧紧盯着她紫红色的长指甲,生怕她会突然转身,朝他伸过手来——那就是他当年在苇荡中害怕的那一只手啊。

从这一只迟到的手开始,他心中开始害怕一切突出的女性特征,如特别鲜艳的衣物、闪亮的包、染过的指甲、细密的黑头发、白皙的皮肤,甚至还有红嘴唇,还有突然合上又睁开的长睫毛眼睛。慢慢地,女人,特别是漂亮女人,对他来说,成了一种随时随处可能瞬间变形,变得狰狞恐怖的东西——在四十岁那年,他打定主意,今生,一个人度过了,他实在经受不住那些细碎的心惊肉跳。一个女人进入他的家,天天在他身边,会要了他的命的。

他想,在北京这样浩荡繁华的都市,哪里会找到一个委陵样的女人呢?

那天,他逃出苇荡重新骑上自行车来到野炊地点时,早到的人已经准备好了,不待他支好自行车,就齐齐招呼他进帐篷享用美食。

军用帐篷是李楠楠从军马场借来的,先到的六个人,收心敛气地坐在里面。白铁军钻进去,大家自觉地在苏向阳旁边给他腾出一块容身之地。他先是抬头看了看帐顶,夸李楠楠真有本事,而后礼节性地也是自然地一一与众人对视。

在离他最远的角落里,他看到了苏袖儿。

"呀!"

他心里惊叹一声,脑海里欢欣地浮出一株雨后的委陵。

那年,苏袖儿十八岁,刚刚高中毕业,到新华书店做了售货员。苏袖儿留着齐刘海学生头,穿一件绿色圆领上衣,领口和袖口处是一圈儿细密的圆齿状褶皱,小圆脸儿上的嘴角微微上翘,还有一双细长的笑眼,一与他目光相接,迅速收回去,垂下的眼帘处晕着一抹淡淡的雾。

"一株带着露珠儿的委陵啊!"

白铁军暗暗地想,他隔三岔五就到她家去,他们见过多少次面、在一张桌子上吃过多少次饭,数都数不清了。苏袖儿这样动人,为什么,为什么他没早发现?

"真是女大十八变啊!"

他惊叹着,一下子看到刚才苇丛上的那块绿纱巾,就系在苏袖儿的脖子上。

"哎,你的纱巾,是不是刚才被风吹到苇荡里去了?"

他指着苏袖儿说。

"哈哈哈哈哈——哦噢——"

不待苏袖儿回答,众人一愣之后哄堂大笑。

"你这话茬儿找得也太莫名其妙了吧,哈哈哈——"

诗人贾十月乐得手舞足蹈。白铁军感觉脸发热了,硬着头皮坐了会儿,借口要回去备课,慌慌张张退出帐篷骑上自行车在街上溜达。那枝委陵啊,在他眼前,晃啊晃啊晃啊,他喝醉了一样,头昏脑涨,像漂在水上。

他初到泥河中学,第一次去郊外溜达时,就发现了这种植物。它有细长的根,枝茎稀疏有致,最让人惊叹的是它秀美的羽状复叶,稍带尖儿的细圆齿叶缘,淡黄色的小骨朵躲藏在一层又一层芽苞中。

那一天,他在那片野地上走来走去,最终没有经受住委陵的诱惑，将它从灰灰菜、高山羊齿、匍匐着长长藤蔓的羊角铃，以及众多他叫不出名字的野草野菜中用手挖出来带回去栽在一只烧制着兰花图案的花盆里。他浇足水，把它放在房间最角落处，怀着无比欣喜的心情等着它伸展枝条，绽放出娇嫩的花朵。

可是，第三天清晨，它就开始枯萎了，枝叶让人伤心地耷在盆沿上。他又浇了些水，心想，大概是刚刚移栽，需要更多的水分滋润吧。可是，到那天下午下课回到宿舍，他就知道已经无力回天了，可怜的委陵连花苞都软了。

就像云台覆盖在他身上的东西一样。

云台用绊草绳一圈圈将他从头到脚连同裹盖在他身上的羊角铃、蕺衣草和委陵缠成绿油油的大茧子，然后把一根根水蓼、青麻、荆枝、蓬莱插进草菜缝里，远几步看，白铁军已经不见人形，活像一蓬乱七八糟的盆栽。

"阿弥陀佛，有劳老人家，和贫僧一道前往西天取经吧！"

云台施了个礼后，转到白铁军头部，抓起一大把扯住横缠在草捆上的草绳结扣，吭哧吭哧拖着他往街里走。

19

天快黑了,已经有店铺亮起门口的灯箱。农场医院家属院里,秦如瓦就着一只煤气炉煮好了米粥后把煮锅端下来,把炒锅放上,烧干锅,倒入油,抓起案板上切好的葱花欲往锅里投时停住手,想来想去关了炉子跑出来。

她还是不放心白铁军。

秦如瓦出了医院大门往西,走到镇政府前边时遇到了拖着白铁军的云台。云台见身边有人走过,停下脚,单手竖在胸前施礼:"女菩萨,我乃东土大唐前往西天取经的和尚——"

"天哪!"

秦如瓦后退一步,认出云台后笑起来:"这熊孩子,吓了我一跳,这是弄了些什么呀,扢扢挲挲的?"

秦如瓦绕过身上长满了枝杈叶子的白铁军草捆,快步向前走去。

秦如瓦也老了,苍白的短头发、蹒跚的步子、胯部向后拖着的腰身——当年的风姿,已消失殆尽。年轻时风流岁月的影子,大约,也只有白铁军和她聊天时,能从她早已下垂得厉害的眼角窥出点滴,但已散发出酸腐,当年的甘醇和热烈,被泥河的东北风,刮得一干二净了。

英雄落草,美人迟暮,大约是这个世上最无可奈何的事了。如果白铁军尚有知觉,听到她刚刚走过,一定会长叹一声,也许,还会想起当年那个夜晚。

春风刚刚刮起的那个晚上,苏向阳深夜才回到宿舍。

那时那刻,白铁军正在黑暗中想苏袖儿。他紧闭着眼,看到苏袖儿冲他娇羞地笑。他听到门响,在苏向阳推门进来拉开灯之前,飞快地翻了个身面朝墙。他以为苏向阳会像往常那样,哗哗啦啦洗脸洗手洗脚,直到洗得他不耐烦到头疼才躺下休息。但那天苏向阳却径直走到他床前,一把掀掉了他的被子。

"起来,起来,别装了,别装了!"

苏向阳压抑不住地兴奋。

"就你那点小心思!"

白铁军遮挡着灯光睁开眼,装作睡梦中突然被揪起的不情愿状,一边用力搓脸,自以为把被吵醒的恼火、深夜清醒起来的艰难和极度的不耐烦表现得十分到位。他还没来得及表现出完全清醒的样子，苏向阳就凑到他床前，一只手飞快地解开两颗衣扣，扯开衣领露出肩膀弯腰展示给他。

"看到了没有？

"——夏娃之吻！"

——苏向阳肩上，是一圈紫色的圆形牙印。

看到白铁军瞪大了眼，苏向阳飞快地将衣服拉好遮住，转身跳回自己床边，没有洗手洗脸洗脚，甚至没有脱鞋，直接扑通一声扑倒在床上，啪一下拉灭了灯。

他知道，苏向阳在偷着笑啊。

他还知道，那一夜，苏向阳做梦都乐得合不拢嘴吧。

他躺在黑暗中，眼前时而浮起苏袖儿的脸，时而晃过苏向阳带伤的肩头，想着想着竟然有点伤心，两道泪，顺着眼角流到鬓上，他不由自主地叹了口气。

多年以后，他去潍北监狱看望苏向阳。旧时的老友，隔着铁栅，追忆当年，嘘叹年少浮薄，感慨世事如烟。探视时间将尽，苏向阳告诉他，那是他最好的时光。

是的，那个初春，苏向阳像一匹突然苏醒的花斑豹一样充满了骄傲的力量。他频繁进出宿舍、办公室、学校，还有黄海农场医院，又像一个突然在哪个世外高人那里吸入了"移形换影"大法的武侠高手，只要他想，就会随时现身在泥河大街上的任何一处地方，衣袂飘然，玉树临风。那一年春天，对苏向阳来说，是个火红的、欲燃烧起来的季节。

而白铁军那年的春天,泥河镇的夜晚永远飘荡着浅淡的烟蓝,如水的月色透过渤海蒸腾起的雾气洒落大街小巷,摇曳于夜风中的树、偶尔过街的一只长身长尾的猫,还有披着细密的黑发的苏袖儿,都氤氲在浮薄的蓝雾中,映着若隐若现的光晕。大多数夜晚,白铁军步子绵软,从泥河镇西北角的新华书店出门,悠悠穿过长长的泥河大街,目送下了夜班的苏袖儿回家。

白铁军后来从内心里感谢当时的新华书店书记曹志全,是他突发奇想,为了满足附近的泥河中学、黄海农场子弟中学和再远一点的农校的学生夜课后买书或者学习资料的需求,开始让员工上夜班,虽然弄得一家人怨声载道,指爹骂娘,大家却不得不按着钟点值夜班。白铁军也得以每天都能见到苏袖儿,运气好的时候,还能远远地跟在她后面,目送她走进镇东北角开在鱼骨胡同中的家门。

但终究是目送,他没有勇气走上前,哪怕装作偶遇的样子叫她一声。他更没有勇气向她表露心迹,只是一想,他就感觉血往上涌,心跳加速,整个人瞬间眩晕而僵硬。

那年的春风春雨,把他变成了一条悲伤的狗。

他嫉妒苏向阳的快乐、力量和勇气,同时也怀疑上天分配一切时的粗心和随心所欲,一定是忘了把分给他的怯懦、孱弱、晦涩稀释一下。他想起初见苏袖儿时她的目光,如一头惊慌的小鹿,爱情的敏感让他毫不费力地捕捉到苏袖儿目光的每一个落点,尽管都是极快的一瞥,有两次,连眼帘都没有拉起来。但他没有勇气拿自己的目光迎上去,他多么恨自己啊!

他一生下来就孱弱苍白,所以父母才给他取名叫"铁军",希望他铮铮铁骨,强壮有力。但是,从小到大,在每一个成长的阶段,他都没有表现出哪怕丝毫的"铁军"势头,他想,这也许是他爱情不得意的最深层次因素。

他是狗,是一条瘦弱的灰狗,夹着瘪瘪的肚子,拖拉着一根毛色杂乱的尾巴,在深夜的泥河大街上逡巡游弋。有时候,目送苏袖儿到家,他会拖着尾巴从一条荒草小径拐到镇南泥河边,顺着河边溜达。夜晚的泥河水发出零碎的呜咽,他坐下来,与河水相对无言。有时候月色皎皎,他会望着月亮,想苏袖儿;有时候新月如钩,他也会望着月亮,想苏袖儿;还有时候阴雨,他就抬头寻找和想象着月亮可能在的位置,想苏袖儿。有时候风疾,有时候夜露潮湿,还有时候他溜达到夜深人寂,拖着满身心的疲惫回到宿舍,在苏向阳响亮的鼾声中,睁着双眼或者紧闭着双眼,想着苏袖儿到天亮。当让人难以忍耐的黎明前的黑暗过去,东方的第一缕晨曦打上他的窗棂,他才获救般地面朝墙躺实,在清早渐起的喧嚣中进入短暂的浅睡。

就是在那时候,他开始在课堂上向两个班十三四岁的孩子们讲现代诗。他最先讲的是拜伦的《春逝》,后又讲了雪莱的《死亡》,而后一天下午第二节课,他走下讲台,站在学生课桌间的小过道上,声情并茂地朗诵了《世界上最遥远的距离》:

世界上最遥远的距离
不是生与死的距离
而是我就站在你面前
你却不知道我爱你

世界上最遥远的距离
不是我就站在你面前
你却不知道我爱你
而是爱到痴迷
却不能说我爱你

世界上最遥远的距离
不是我不能说我爱你
而是想你痛彻心脾
却只能深埋心底

世界上最遥远的距离
不是我不能说我想你
而是彼此相爱
却不能够在一起

世界上最遥远的距离

不是彼此相爱

却不能够在一起

而是明知道真爱无敌

却装作毫不在意

世界上最遥远的距离

不是树与树的距离

而是同根生长的树枝

却无法在风中相依

世界上最遥远的距离

不是树枝无法相依

而是相互瞭望的星星

却没有交汇的轨迹

世界上最遥远的距离

不是星星没有交汇的轨迹

而是纵然轨迹交汇

却在转瞬间无处寻觅

世界上最遥远的距离

不是瞬间便无处寻觅

而是尚未相遇

便注定无法相聚

世界上最遥远的距离

是飞鸟与鱼的距离

一个翱翔天际

一个却深潜海底

他艰难地朗诵完后蹲在地上,浑身颤抖,泣不成声。

整个教室鸦雀无声,直到下课铃响过许久,学生们默默地站起来,蹑手蹑脚地走出教室。

两天后,校长程相本找他谈了话,除了关心他的个人问题之外,还建议他"去县医院瞧一瞧",随后把他调去了学校工厂,让他做了库房保管。

整个学校,甚至整个泥河大街的人都议论纷纷,不免对他侧目。但对于他自己而言,经过极其短暂的羞惭,他迅速获得了前所未有的安适与惬意,终于不用再对孩子们背负着良心的包袱了。

他到校办工厂后干的第一件事,就是把两排厂房中间早已废弃的花池收拾出来,把土地翻晒一遍,掺入从镇东农场的奶牛棚里推来的牛粪,然后从学校食堂借来推煤用的小车,用了半个月时间,将郊外野地上他能找到的几乎所有的委陵都移栽了过来。那时候还没有入夏,委陵尚未舒展开美丽的叶子,他一棵又一棵,小心地将它们栽进挖好的小坑中,浇一遍水,到各个办公室收集来废报纸盖住,然后满心希望地在花池边转来转去,从这里掀起报纸的一角看看土壤水分,从那里捏起一张翻开看看叶子有没有蔫。上苍不负他,他查看了半个月后,谨慎地在校厂例会上宣布,他移栽的委陵,全部成活了。

当天,厂长就拿走了库房账册,并告诉他赶紧搬去厂门口接替老孙看大门。

那天晚上,程校长又一次把他叫到办公室,请他在办公桌前的一张椅子上坐下,很亲近地递给他一杯茶。

"说吧,看上哪家姑娘了,我和你嫂子说好了,让她来做媒!

"不要磨不开脸,男大当婚,甭说校长,县长,省长,国务院总理也挡不住。

"说不出口,那我猜,猜中了,你就点头。是不是历史组的石玉梅——政治组的吴美芬?校办小肖?

"你不会是也看上了农场医院的秦如瓦了吧?哎呀,这可是个麻烦事呀——"

最后,程相本搓着手,站起来焦躁地说:"是不是的,你倒是说句话呀!"

他不说话,因为委陵从来不说话。

程相本拂袖而去。

那个瘦弱的青年,在雾蒙蒙的晨光中打开厂门,挥着扫帚把厂门口和花池周围的空地打扫干净,然后提来一桶清水,拿一只小花壶均匀地为委陵喷水。苏袖儿在每一片带着水珠的叶子上苏醒了,娇羞地微笑着看他。他在心里说,苏袖儿,又在心里说,苏袖儿。两滴晶莹的泪珠挂到腮边,他拿沾满水的手擦一把脸,将泪水或者清水抖落在地。

夜晚来临,他对着厂传达室的淡黄色旧木门熬到八点半,然后换下工装,洗漱完毕,借着月色来到泥河大街上。

那是他唯一一次在苏袖儿下夜班前走进新华书店,书店里只有苏袖儿一人,她正站在收款台前念着什么,根本没有注意到有人进来。他轻手轻脚,走进一排排书架之间,装作漫不经心浏览的样子,一点点靠近收款台。

……
楼高望不见,尽日栏杆头。
栏杆十二曲,垂手明如玉。
卷帘天自高,海水摇空绿。
海水梦悠悠,君愁我亦愁。
南风知我意,吹梦到西洲。

白铁军说当他听到"南"字时,耳朵突然抽搐了一下。后来他才明白,其实自己心里,早已明了自己的爱情一开始就落入虚处,他需要一个契机,一点灵光,让他有勇气扒扯开那层极薄的、透明的、几乎是他一厢情愿制造出来的网纱。

残酷的真实,对着他,扯了一下嘴角。

他悄悄退出书店,在泥河大街上一路向东。他目不斜视,一路狂奔,一气奔到镇东头的农场医院,蹑手蹑脚吱溜吱溜穿过门诊楼,拐过病房楼,到了第二排职工宿舍从西数第五间的门外。

反思自己当时的行为,白铁军明白,爱情,从来没有他自以为的那么金光闪闪,顶多只能算个中性词,虽然这种东西一旦在谁的心里生根发芽,谁就会魔鬼附体,或者让一个无赖瞬间高尚无比,或者使一位绅士疾速蜕变为流氓,总之,爱情一找上谁,谁就会成为一个极不稳定分子,在真空里都会自燃、溶解,或者析出,或者结合,最后变成某一种或几种叫不出名字的东西。

白铁军几乎是悲壮地贴近了宿舍窗前一丛锦葵。

果不其然!

20

雨细如丝。

泥河中学校办工厂门卫室,面目模糊的青年教师白铁军双肘支在桌面上,托着下巴,眼神忧伤迷离,面前竖着一幅油画,他目光时而准确地聚焦在油画的某处,时而发散开来,穿过油画、穿过墙壁和学校的大树、校舍和泥河镇初夏蒙蒙的雨幕,涣散成一片虚无。已经很久了,他整天坐在门卫室,冥想、沉思,心底涌起一阵阵绝望和酸楚。他还经常在一片又一片密匝匝的委陵丛中忘了身在何处。

那天,苏向阳提着一包花生豆、两瓶兰陵大曲撞进来时,白铁军转身盯着苏向阳濡湿的头发和乌黑的眼圈儿,好大一会儿不明白发生了什么。直到苏向阳将酒菜扔在桌上,边脱衣服边弯腰盯着那幅油画看了好久,接连骂出一大串儿"你这个孙子",他才像艰难地从梦中醒过来,看着苏向阳,两只眼圈儿乌黑的眼睛瞪得老大:"什么孙子?"

话一出口,他马上清醒了,慌忙将油画扣在桌面上,手抚在画的背面,朝苏向阳嘿嘿讪笑了两声,此地无银三百两地解嘲说:"学着画的,学着画的。"

两个青年,在20世纪80年代中期的初夏雨天里相对无言,一杯接着一杯,很快酩酊大醉。

"我心里难受。"

苏向阳揪着胸口说。

"我哪儿做错了？我对她不够好吗？"

白铁军低着头,他知道苏向阳是在问自己。这匹矫健的花斑豹在连绵的阴雨中终于变成了一条和他一样沮丧的狗,这其实,是他很早就在替朋友守候的结局。

白铁军很想安慰苏向阳几句,他想说,人的一切努力,只不过是在证明早已注定之事。他还想说,他早就知道秦如瓦跟别人好上了。他还想干脆对他说——无数性质雷同的词挤靠在嘴边,却一句也说不出来。苏向阳面红耳赤的,闭着眼,拿拳头擂着桌子。

"夏娃之吻?"

"什么夏娃!"

"一个婊子！都是骗人的！"

白铁军强忍着呕吐将苏向阳扶到桌子对面的床铺上,他们都太累了,应该好好休息。

但苏向阳马上在床上坐起来,扯起毯子扔到地上,招呼着白铁军过去。

"铁军,你告诉我,我到底什么地方做错了?我哪儿不好?"

苏向阳瞪着布满血丝的双眼,死死盯着他,等他回答,眼里的绝望与不甘欲迸溅而出。

白铁军无法安慰朋友,因为这也是他那天夜里离开开满粉紫色花朵的窗子后在心里已经问苏袖儿千万遍的话。他和苏向阳不一样,这样的话,他说不出口,但问得多了,答案自己从一堆杂乱的思绪中跳了出来:爱情这种东西,从来不能问为什么,莫名其妙,毫无道理;也只有失败者,才会问出那句话。

所以,他知道咽下那句话的滋味,像吞一团蓬菜籽,一路刺着口腔、咽喉、食管,落入胸口变成一座火山,灼热、沉重,让人喘不过气。

怯懦,让他把委屈和不甘包裹得严严实实,藏在心底。原来,他是多么羡慕、嫉妒苏向阳啊!他与苏向阳相比,怯懦而多愁善感,不像个男人。

他时常看着苏向阳蓬勃的脸和矫健的步伐,想哪一天自己能像苏向阳一样,充满自信与力量,跑到苏袖儿面前大声说喜欢她,不管她心里想着谁,不管她怎么对他。

有时候,他被这种假想鼓舞着,在苏向阳未归的夜里突然掀开被子跳下床,在屋里巴掌大的地面上乱转,或者把苏向阳挂在门边的一块镜子假想成苏袖儿,他站在她面前,红着脸,穷尽了甜言蜜语、海誓山盟。

有时候,他重新回到床上躺下时,才发现一只手紧紧揪着裤子的一侧,早已被手心里的汗水浸透。

也许是阴雨天气让苏向阳的情绪更加低落,他沉浸在苦痛中不能自已。苏向阳挣扎着爬起来斜倚在床头,眼向上翻,对准了房顶上某块被往年的阴雨浸出的像南美地图形状的灰渍。但实际上,白铁军知道,苏向阳什么也没看见,他时而沉浸在与秦如瓦短暂、疯狂而甜蜜的热恋中,时而跌进失恋的深渊一坠到底。

那天夜里,敏锐细腻的白铁军,借着苏向阳断裂颠倒重复而缠绕的叙述,慢慢地复原和丰满了后者与秦如瓦那个"夏娃之吻"的深夜的灯光、氛围与所有细部。

秦如瓦有一只蓝色绢质灯罩的床头灯,还有淡蓝色的床单、被子、枕巾、窗帘,还用淡蓝色带着小白花的棉布挂在墙上做床围,平时,也大多穿蓝色的衣服。而她的工作服呢,是蓝白相间的。秦如瓦给白铁军的印象是冷峻的、严肃的,有点不近人情,周身散发着一种莹莹的蓝光。他们有时候在街上,看到她面部冷硬,齐腰的长头发每一根都垂在"法定"的位置,她身直头直地迈着快步,行色匆匆,心无旁骛。有时候去医院看到她,见她周身包裹在一件白色的大褂中,在白口罩上的两只眼睛,礼节性地笑时也似乎在审视。还有她修长的身材、腿和手臂,她面前的小推车中那些一动就脆响的针管和药瓶,有关她的一切,都让白铁军感觉她像极了一枝清醒在黎明的白蒺藜,无论枝叶如何精致,姿态如何窈窕,首先让人感受到的,还是她深藏在枝叶下面的尖利的刺。

但苏向阳破碎的词句还原的那个夜、夜里的秦如瓦,与他平时看到的白蒺藜完全是两个物种。白铁军由此明白女人原本都是多面的、多层的,或者,是多变的,女人天生有无数张面孔,连身体,都可以随意变色或者变形,让人迷惑而恐惧。

那天夜里,苏向阳进入她房间时,看到她穿着一套淡蓝色印染着白树叶的睡衣,刚刚洗过头发,在用一条蓝色毛巾擦拭长发、脸和脖子。她时而将头歪向左边,时而歪向右边,细致耐心甚至不厌其烦地擦拭着,不时挑出一缕,对着发梢看了又看,大约是看看发梢有没有发焦,有没有分叉,长没长长。一开始,苏向阳无论说什么,她都听得漫不经心,只是不时地唔一声,连抬头看他一眼、半眼都不肯。苏向阳说她一直在擦她的头发,好像永远也擦不干、擦不完。

白铁军后来总结:恋爱中的男人,大约分两种,一种是叙事型,另一种是抒情型。他是纯抒情型的,而苏向阳,则是标准的叙事型。

这个豹子一样叙事型的恋爱者,在永远擦不完头发的秦如瓦面前变得焦躁不安。窗外有风,轻风,锦葵和石榴树唰唰脆响,也有蛐虫铮铮,远处有鸡鸣狗吠,有师部入夜的军号声。苏向阳说他从小时候带着妹妹苏袖儿去泥河南滩上看一只爬上岸的鳖开始说到镇北黄海农场一分场部的一场露天电影,说到泥河中学和农场子弟学校学生的一场"大战",说到他高中时在地理课堂上听老师讲起过天鹅星座后企图自制天文望远镜一窥究竟,说到小时候爬在围墙上的一只三截肚子的葫芦……苏向阳说,那一夜,他对着擦不完头发的秦如瓦,穷尽了峰回路转、柳暗花明、山重水复、前世今生——可得不到一个字的回应,他快要疯了。

苏向阳说他不停地说啊说啊,说着说着,突然害怕起来。他说他害怕像那些不眠之夜一样鸟雀会突然聒噪起来,会很快将潮水一样的黑夜吓退,他害怕,他害怕会出现天光,他愿用一生的生命,换那天不再日出。

——他不时地偏头看向窗外,心提到了嗓子眼儿。

——而秦如瓦,一直在擦头发。苏向阳想,恐怕,这辈子,她都擦不完了。她低着头,把脸藏进头发里,让苏向阳感觉仿佛对着一团迷雾。

那夜的秦如瓦,在白铁军印象中,由一枝白蒺藜,变成了一枝白玉兰。这枝白玉兰哪,可把苏向阳折磨惨了呢。多年以后,他才明白,其实,秦如瓦,也是慌着呢,她不是故意在擦头发,而是找不到合适的话说,也不知道接下来要干什么,她只能低着头,一缕一缕,一丝一丝,数着再明了不过的心事。一个年轻姑娘,怎么会留一个不喜欢的人在自己屋里到深夜呢?

遇到爱情时不懂爱情,到懂了时,已经过了季。这大约是每一个在爱情中挣扎过的人共同的感悟吧。

苏向阳干咳了两声,发狠似的说:"我真是受不了啦。"心一横,他往前拖了下椅子。

苏向阳让自己离秦如瓦更近些,几乎是用发颤的声音问:"说句话呀,你到底怎么想的?"

秦如瓦还是久久不抬头,又拿毛巾擦了几下头发后,才慢慢地、艰难地稍仰起脸,一只手伸呀伸呀,伸到后颈处,揉自己的脖子——她大概是低头低得脖子都酸了。

"你说的,都是真的吗?"

天!

连白铁军都替苏向阳松了口气。

秦如瓦终于说话了。

"那能有假!"

苏向阳终于一下挺起胸膛,一脸肃穆庄严。

秦如瓦掩着嘴,咯咯笑出声,像是瞬间换了一个人。

但须臾,她就拉下脸,白玉兰迅疾变回了白蒺藜,她拿眼角挑了苏向阳一眼说:"我不信。"

苏向阳腾地站了起来。

"为什么?"

"为什么?"

"怎样你才信?"

苏向阳说。

"我要试试!"

秦如瓦站起来,随手将毛巾搭在床头上,朝着苏向阳跨了两步。

"试试?"

"试吧!"

苏向阳疑惑地看着秦如瓦,不明白她说试试的意思。但她两颊已飞起红晕,白蒺藜刹那燃烧成一朵火红的芍药。

秦如瓦伸手将一脸惶惑的苏向阳摁回到椅子上,扭身坐在他腿上,双手慢慢地搭上他的脖子。

"你受不了,就喊出来。"

苏向阳吓傻了,直挺挺地坐着,一动不敢动,尽管与秦如瓦接触的肢体像被火烧着了一样,他也一动不敢动。他要一动不动,他是男人,他爱她,他要挺住,他心里叫喊着,试吧,试吧,尽管试吧!

秦如瓦一只手搂着他的脖子,另一只手解开了他衣领上的扣子,一把扯开他的衬衣,她说:"准备好了吗?"

苏向阳不知道接下来要发生的事,只用力地点着头:"是,是。"

秦如瓦伏在苏向阳肩头,露出尖利的牙齿,一口咬了下去——

苏向阳颤抖了,他咬着牙,感受着她尖利的牙齿一点一点陷进他的皮肉,一串又一串汗珠从额头开始滚落。

他一动不动。

他咬紧牙关,咬住一股尖锐的快乐。他能觉察出秦如瓦柔软的嘴唇贴在他肩头,他感觉到他的肩膀正在变大,放射着的疼痛正在向全身扩散,他猛然意识到,秦如瓦正在他的怀里,她的手臂正搂抱着他,他紧闭着眼,想尖叫。

他一动不动。

不知道过了多久……

秦如瓦慢慢松开牙齿,仔细察看了会儿她的牙印,抚摸了下,双臂环绕起他的脖子,将嘴唇贴在他的嘴上。他轻轻地推开她,将自己的嘴释放出来,喘了口气。

"我还行。"

他说。

"我知道。"

她说。

"?……"

他用眼睛说。

"心疼了。"

她说。

他一把将她搂进怀里,再也不肯松手了。

21

云台把白铁军拖过镇政府门口、大波音像店,在利民水产批发旁边的槐树下停下来,靠在树上喘气。吕长安端着饭碗捏着一根葱走出面酱铺,朝白铁军踢了一脚。

"曤,卷得还挺实靠。"

"这位施主,我乃东土大唐前往——"云台双手合十。

"×,不是白马银枪赵子龙吗?变得倒快。"

吕长安拔掉草捆上的几根青麻、水蓼,一屁股坐到上面。云台连忙跑过去,拾起一根青麻,推着吕长安起来。吕长安在草捆上晃了一下:"弄了些什么呀,这是?"他感觉出了不太对劲,屁股底下软塌塌的,不太像一捆青草。

"哎哟,天都黑了,还不知道回去,你肚子不饿呀?傻儿子哟!"

云台圆滚滚的妈从巷口挪过来,云台嘻哩嘻哩地冲他妈笑着,弯腰拾起绳扣。吕长安赶紧站起来。云台妈将绳扣接在手里,对吕长安说:"唉,这不出来找啊,能把他饿死哩!啥时候是个头儿啊?让人闭不上眼哪!"回身一拉,没拉动,再一拉,还是不动。

"咋这么沉?"

云台妈打开手电:"哎呀,这是弄了一堆什么呀?不是教你了吗?割草啊,草啊!就不会长点脑子啊,看这挖挖挲挲的,这些硬秆子,猪能吃吗?!"

吕长安凑近一步,嘎吱嘎吱嚼着馒头和葱,看云台妈一根根拔掉插在草捆上的秆子,拿手一拨拉,白铁军深灰色的衣角从蓑衣草中露了出来。云台妈一拽,再一拽:"我的妈呀!"

云台妈一屁股蹲在地上,吕长安吓得扔了手里的碗。

云台妈双手撑着地面远离了白铁军,叫云台拉她起来,吆喝着云台赶紧回家。吕长安不干了:"回家?你们把个死人扔到我们家门口算怎么回事儿?先到派出所说清楚吧!"

"他是个傻子。"

云台妈挣脱开吕长安的手说。

"但他妈不是傻子啊,要走,你们拉着一起走。"

吕长安挡在他们前头不放行,云台妈也终于明白人命关天,不说明白,他们一家人脱不了干系,又反过来劝吕长安和他们一起去派出所。

两个人推搡着不情愿的云台,进了派出所楼门。警察早都下班了,他们在楼道里一吆喝,从楼道尽头一个房间里出来个年轻警察。吕长安喊:"哎,死人了,小葛,葛警官,快,去看看哪!"

被叫作小葛的警察往他们这边小跑了几步后折回屋取了钥匙,打开门厅旁边的办公室门,啪啪啪全部把灯摁亮,打了个电话后从抽屉拿出个记事本,问吕长安:"说说情况,死者是谁?谁发现的?在哪儿?"

"不知道是谁,不,没看清楚是谁。是她发现的,在街上。"

吕长安指指云台妈,又指指外面。

云台对小葛警察臂上的袖标产生了兴趣,跑过去拿手摸了摸,朝他双手合十问候:"小施主,我乃东土大唐——"

"滚出去!"

当妈的朝他背上拍了一巴掌。

"什么情况?"

庄伟拨拉了一把差点撞到他身上的云台,问小葛警察。同他一起进来的,还有陈新野和孙少红。

秦如瓦喊了孙少红到白铁军家瞧了一眼,屋里没亮灯,敲门也没人应,两人回到街里找绿米拿主意,绿米也没主意,陈新野建议先报警,让警察先破开锁到屋里看看。统一意见后陈新野和孙少红到镇政府东边派出所新楼上报警,在门口遇上庄伟,几个人一边说着情况一边往里走。

后来又到了两位警察,庄伟招呼小葛到后院开上车,剩下的人疾步到了面酱店门口。

"是老白!"

陈新野一眼认出了白铁军。

缠裹得结结实实的草绳被一根根剪开,拨拉开草绳,陈新野一搭脉,喊:"没死,没死,快抢救吧!"

庄伟飞快地伸手试了下白铁军的鼻息,迅速把他扶起来,掐上人中。

"唔——"

白铁军缓缓地吐出一口气。

"老白。"

陈新野坐到地上搂起他肩膀,白铁军慢慢地看着每一个人的脸,最后目光落到站在圆滚滚的云台妈后面的云台,眼里露出似笑非笑的微光。

"梅阿波依尼,韦则石纪尼娅!"

白铁军用尽了最后的力气,手一松,一只放大镜落到路面上。

"他说什么,依尼?纪尼娅?"

小葛警察十分不解。

没有人说话,除了小葛,别人都知道这是一句俄语,虽然,原来常常把它挂在嘴边的李楠楠已经离开泥河多年。

见过李楠楠的人,谁也不怀疑他是个舞蹈家。

但没有一个人知道他常常伸长脖子高喊的这句话是什么。

白铁军也是到了北京后,多次与一位俄语翻译家在会上遇见,鼓起勇气请教后才知道了这句话的意思。白铁军反反复复将这句话念给翻译家,翻译家喃喃地重复着,最后推了推眼镜,疑疑惑惑地告诉他答案。

白铁军猛烈地大笑起来,他弯下腰,捂着肚子,笑啊笑啊,笑得脸疼,笑得上气不接下气,笑得泪水恣流,笑得翻译家把自己周身上下打量了无数遍,不明所以。

他想起了当年街上人们的争辩,想起了脏话,想起了好话,想起了白色的大鸟。

当年泥河镇上,其实谁也没有看到李楠楠表演哪怕最小最小的一段舞蹈。这是让白铁军越想越觉得荒诞,同时也是越想越服气的一件事。

李楠楠凭着从白到黑穿一套黑色练功服,拉直身体,仰起脖子,高喊着"梅阿波依尼,韦则石纪尼娅"成了舞蹈大师,泥河镇这么大,有兵团的,有驻军,有农场,有军马场,有政府,有学校,有那么多好事的男男女女,却从来没有人对李楠楠是个舞蹈家这件事产生过丝毫的怀疑。

白铁军后来对秦如瓦说,尽管他这一辈子都对李楠楠抱着敌意,但他和泥河镇上的其他任何一个人一样,万分确信李楠楠是一位出色的舞蹈家。

那夜,他在秦如瓦窗外,看到李楠楠摆动着胯部,在给刚刚迷恋上桑巴舞的秦如瓦做示范。李楠楠喜欢给所有向他请教舞蹈的人做指导,知无不言,言无不尽,然后再手把手教。白铁军想,可能在他眼里,世界上所有爱舞蹈的人,都是智慧的,是文明人;所有对舞蹈无知觉者,都是可怜的,是野蛮人。

他站在窗外,看到李楠楠笔直地站在秦如瓦面前,一只手向高空无限生长,另一只手打平伸向远处,像一只引颈张望的藏羚羊时,竟然忘了自己是一个偷窥者,站直了腰身,看得入迷。秦如瓦给李楠楠倒了杯水,说歇口气,并提议他明天到车站舞厅再教她。李楠楠转到秦如瓦身后,手臂环在她腰上,说:"舞厅,噢,不,那是对舞蹈的一种亵渎。"说着放下酒杯,打起姿势原地转了个圈,白铁军突然想起苏向阳那个"当当当当",退后几步,匆匆离开了。

走在路上,他终于在心里承认,这正是他期待的结果:李楠楠和秦如瓦在一起。他长长地松了一口气,但又忽然想到:李楠楠和谁在一起,其实和苏袖儿早已对李楠楠属意,没有多大关系。在帐篷中,他第一次见到苏袖儿时,早就敏感地察觉到,她惶恐不安的眼神,自始至终都追随着那个穿黑色练功服的身影。对好友苏向阳的愧疚和对自己爱情的绝望慢慢长出触手,搅缠起来,拽着他踉踉跄跄返回宿舍,一夜不能合眼。

"梅阿波依尼,韦则石纪尼娅!"

黎明十分,辗转一夜的白铁军又翻了个身,没来由地在心里喊了一句。

过后,好多年中,他一直对自己突然喊出这句话耿耿于怀,他根本不知道那是什么意思,并且,这话的来处是多么别扭啊。他到了京城的第三年,研究所调来一个周姓古文字专家,有次闲聊时,周专家说,汉字的音调完全包含了意义,只是,因为音、调不断变化,现下的人,已经不可能知道最初的读音,所以,汉字的音和意,要分别记忆后再统一了。白铁军一下对这件事释然了。由此他也明白,一个人,想弄明白自己,只内求,也是不可能的,也就是说,人是不可能自足的,或者说人的自足性,包含着诸多他求的因素。除非是天才,由天启,跃过知识与思辨,直接蒙受了世间的真谛。

倒在草莱堆上的白铁军,没了呼吸,被送到农场医院做了例行抢救,宣布抢救无效,进行死亡认定后转到不久前刚建好的带有冷冻功能的太平间。绿米和秦如瓦快速准备好了里三层外三层的寿衣,陈新野和孙少红仔细地帮他穿戴妥帖:上身是祥云纹嵌边的对襟绸马褂,褂下是黑色长衫,长衫下面是黑布裹腿的长裤,脚上套着白底皂面的官靴,头上扣着镶玉石扣的绸面瓜皮帽,手里掖了金闪闪的钱袋子,身旁放着打狗棍,嘴里衔着一枚铜钱。生前严肃无比的民俗专家白铁军,寿终正寝之后,让人怎么看,怎么带着点说不上来的喜感。

一个人,来了,走了;一群人,聚了,散了。

夜凉如水啊,从医院出来的人裹一下衣裳:"真是说冷就冷了啊!"

陈新野和孙少红站在医院门口,各点上一根烟卷,说也就这样了,什么责任不责任的,一个傻子。

　　关于白铁军的一切,就要在这个世界上结束了。陈新野和孙少红感叹着往回走,当年照过白铁军的月亮,慢慢升起来,也照在他们身上。陈新野说:"唉,看老白,这么走了,谁可想到?"孙少红说:"嗯,谁可想到?"陈新野说:"唉,人活一世,草木一秋啊。"孙少红也说:"嗯,草木一秋啊。"

　　当夜,秦如瓦躺在床上,想白铁军走得真是荒唐,他为什么突然到镇东边去?怎么就被捆在草里拖到了街上?到底是拖死的,还是心脏病犯了?唉,活得那么板正讲究的一个人,到了,打扮得像个唱戏的。人活一世啊,到底活到了什么呢?也不知道,有没有未了的心事?想起这个,秦如瓦突然想起苏向阳来,想起了年轻荒诞不经的岁月。

　　一辈子的时日呀,像树上的叶子呢,冷风一起,哗啦啦,就落尽了。

　　秦如瓦决定,安葬了白铁军后,去给苏向阳上个坟,和他说声,他的老友,不在了。哎呀,也许,他们现在已经见面了呢。不管怎样,还是去上个坟吧,秦如瓦突然想到,年轻时她属意过的那些人啊,算起来,现在只有苏向阳离她最近。

　　都没有几天混头了,她想着,看一眼,也少一眼了。这是多少年了?四十几年了?快五十年了吧?好长啊,她想再想一次苏向阳的样子,可怎么努力也想不起来了。只记得他走得快,两条长腿如风似电,像只豹子,笑起来,很明朗。

在她,是不知道苏向阳当时的煎熬的。白铁军生前早就明白,在泥河,除了他,在所有人的版本中,秦如瓦洋洋洒洒的恋情,从来都没有苏向阳这一环。那一刻,在他心底,他彻底与他最亲密的好朋友苏向阳和解了,花斑豹和丧家犬的爱情,对于这个世界来说,从没有发生过。他们只知道医院那个秦如瓦,早就和农场工宣处的李楠楠"纪尼娅"了。

但当时,他们是多么伤心哪。

两个失意的人,在每一个雨天都要把自己灌得酩酊大醉。

"我对她不好吗?"

"他到底哪里好?"

"我不甘心!"

"不甘心!"

每一次醉后,苏向阳都重复着相同的话,直到消耗完所有的精神和气力沉沉睡去。

白铁军不爱说话,喝酒后更不想说,直到有天晚上在街上"遇到"了苏袖儿。

他在新华书店斜对面街边看到苏袖儿出门向东走后,低着头,手插进裤兜疾步迎过去,他已经想了很多天了,是死是活,看这一回了。

离她两三步远了,他站住,喊了声"哎",她好像没听见,也许,他根本没喊出声。眼见就要擦肩而过,他猛地停住,回身一把拉住苏袖儿。

"你——我——"

白铁军盯着地面说不出话。

苏袖儿转过身,冲他点头笑了笑,礼貌地说:"铁军哥。"

"你——"

白铁军说。

"你不要说下去了,我心里早就有人了,"苏袖儿说,"再说下去,铁军哥会伤心的。"

咔嚓咔嚓,白铁军的心碎了。

白铁军放开手,看苏袖儿慢慢转过身,越走越远,昏暗的街边,一大堆七长八短的影子。

"我要杀了他。"

又一次酒后,不待苏向阳开口,白铁军把酒瓶墩在桌面上,决绝地说。

第二天清晨仍在下雨,白铁军被霍霍的磨刀声惊醒,他看到苏向阳蹲伏在他门口,手里一把尖刀熠熠生光。

"你在干什么?"

白铁军翻身趴在床上。

"磨刀啊,替你磨刀,你不是说要杀了他吗?"

苏向阳说着,举起尖刀,拿食指肚试了试刀刃。

"替我?杀了他?你疯了吗?"

白铁军缩进被子。

"喊!"苏向阳拿清水冲洗好尖刀,站起来走到他床前,抬手朝半空里挥出一道白光,"怎么样,一招拿下!哼,就知道你不敢,看我的。"

送钢板的货车在工厂门外摁响了喇叭,白铁军趿拉着鞋披上雨衣去开门,苏向阳拿一张报纸把刀裹着往外跑,扭头对白铁军说:"看好你的大门吧!"说完一头扎入雨里。

白铁军看着货车走开,关好门,又回到床上睡着了,直到过午程相本把他叫醒。程相本是来向他传达去县教育局开会的通知的,白铁军春节后写的一篇关于本地区教育状况的分析文章在《人民日报》上刊登了,县教育局长看到后点名让他同本校评选出的其他三位优秀青年教师去参会。程相本让他搬回原来的宿舍,拍拍他的肩膀,说:"兄弟,真有你的!"

傍晚,白铁军在细雨中搬回了原来的宿舍,他推开门,看到苏向阳直挺挺地躺在床上,满地崩碎的酒瓶。白铁军把被褥放在空床上,清扫地面,劝苏向阳第二天和他一道去县城转转。

苏向阳揉揉熬红的眼,说:"等着瞧吧,要死,一起死!"

到这一刻,白铁军仍然没把苏向阳的话当真,他以为苏向阳和他一样,都是说说气话而已。他将猪窝般的宿舍整理清洁一遍,收拾好出门的衣物用品,一夜辗转之后,与三个同事一起登上了去往县城的头班车。在车上,他有意避开同事们,自己坐在客车最后一排的尽角上。他需要好好想想,接下来要面对的一切。

客车过了新建的胶厂,看到他在两个白天之后的深夜里攀上的防潮大坝之时,他突然豁然开朗,心中重新燃起希望的火苗,他想,李楠楠,很快会离开泥河镇的,这个藏羚羊一样的男子,属于山坡、高原,属于无边的森林,不可能与这块泛着碱渍的黄土地长久地纠缠。他与委陵一样恬淡秀美的苏袖儿,注定会走进和风细雨的新生活,经营一份平静踏实的日子。

离开泥河镇的白铁军好像走在了时间前面,他俯视着自己的内心,感觉再一次聚合起来的希望前所未有地明晰、结实。招待所一夜安睡之后的清晨,他一扫往日阴霾,在走向食堂的小路上旁若无人地哼起了《在希望的田野上》:"炊烟在新建的住房上飘荡,小河在美丽的村庄旁流淌……"直到突然晕倒在县医院东边的苦楝子树下。

好多年,他都无法解释那天傍晚突然的晕厥,只认定是噩耗来临时,上苍的暗示。秦如瓦说那是长久抑郁、酗酒、饮食不规律造成的体质下降,血糖、血压双低所致。他坚决反对这种分析,因为后者没法准确解释他苏醒后在扑面而来的恐惧的驱使下连夜奔回泥河的原因。秦如瓦说那只能说是一种巧合,是人在身体极度疲惫时对"家"和爱人的渴望和眷恋。

黎明前,白铁军奔回了泥河镇,他在石桥上停下脚,倚住桥栏杆喘了几口气后朝街里走去。

夜雾尚未消退,石桥南边的水渠崖上茂密的杜梨树丛静默着,他倚着桥栏杆坐下来,听到斜对面的悦来客栈门轴吱呀一声响后,看到烫着翻花头的绿米出了门,走到街前哗啦一声泼掉了洗脸水。

这时候,他们还没有像后来那么熟悉。绿米站在街边,看到泥河镇中这个年轻的老师背着一只提包,脚步跟跄地向东奔,她想提醒他第一班车还早,用不着这么急。

"哎——"

绿米叫他。

他后来告诉绿米,说根本没听到。

街上空空荡荡,一切尚未苏醒,深夜里散发开来的含混的浊气尚未被晨风吹散。白铁军看到远处晃动着一个人影儿,幽灵般的,似真似幻,飘飘忽忽。

朝北的、东边的墙是青砖,西边的墙是红砖,东边用水泥勾缝,西边的用石灰,东边的墙头上爬着一嘟噜仙人掌,西边的墙头上挂着一丛牵牛花,对着的大门口两边都栽着鸡冠花和锦葵——多么亲切熟悉的景致啊!无数个白天黑夜,他看着苏袖儿从这里拐进去,走过花丛,走过几棵石榴树,转身吱的一声推开黑褐色、对开的木门。那个院子,他也是熟悉的,三间北屋,青砖,不大的窗户,中间待客,东边是老人的卧房,苏袖儿住在西间,连着屋檐一排坐东朝西的耳屋,堆放着煤块、农具和杂物,西墙边用砖砌起两畦地,南边靠大门种了指甲花和雁尾草,北边靠西北屋窗前的那畦,长着芫荽和韭菜——这小院儿,这家,比千里之外,因双亲过早离世而破败不堪的家更熟悉,更温暖他。苏向阳,多少次连拖带拉地带他回来吃水饺、吃粽子、吃元宵啊,年夜,都已经在这里熬了三个,两位个子都不高,笑眯眯的老人,和对自己如儿女一般看待他。

天堂一样的院落啊,在这个黎明,两扇大门上,糊上了白草纸。

那个上午,泥河镇东北的芦苇荡里,委陵一样的女孩,在亲人的哀号中,永远地安息在她还未来得及离开过的黄土地。

22

苏向阳选择了在谷仓诗会上动手。

那是白铁军离开泥河镇的第二夜。

风已经有些凉了,参加聚会的青年男女或站或坐或蹲,在谷仓前围成一个圆圈,腰身笨重的杜梨和秦如瓦坐在一张长条凳上嗑海瓜子,漂亮女孩小菲端着一只玻璃杯,弯腰站在支着画架正在速写的燕非难身后,贾十月正在中间空地上高声朗诵,他说,这是一位北京的诗友寄来的新诗。

一切都是命运

一切都是烟云
一切都是没有结局的开始
一切都是稍纵即逝的追寻
一切欢乐都没有微笑
一切苦难都没有泪痕
一切语言都是重复
一切交往都是初逢
一切爱情都在心里
一切往事都在梦中
一切希望都带着注释
一切信仰都带着呻吟
一切爆发都有片刻的宁静
一切死亡都有冗长的回声

"不,这不是新诗,它很早就被写出来了。"

朗诵声尚未落定,一个尖细的声音响起。有人很快附议,等待掌声的贾十月环视四周,摸了摸头,大声说:"也许它早就被写出来了,但它是一首好诗,是不是!"

"是!"

掌声终于响起。

苏向阳满身酒气,手里舞着把尖刀,踏着掌声摇摇摆摆走进圈中空地。

"哦——哦——!来吧!来吧!"

众人激动起来,有人跑到门口,摁开录音机,激烈的碎拍音乐响起。苏向阳抖着肩做了个爆突后举起尖刀,大喊:"哦——哦——欢迎大家来到'杀手之夜',今晚的舞蹈叫《姓李的已经是个死人了》!"

"哦——天哪——哦——"坐着的人站起来,站着的人扭起来,苏向阳拖着曳步走到秦如瓦身边,拽起她胳膊,秦如瓦往后坠了一把看躲不过,赶紧把盛海瓜子的大碗塞给杜梨,随着苏向阳到了场地中央,人们不知道秦如瓦多么不情愿,只看到苏向阳围着她滑步、肘膝旋转、机器人、擦玻璃,动作狂野激烈。手中的尖刀反射出冷光,不时地刺向想往外退的秦如瓦,另一只手在舞动的间隙把她拽进怀里,如此三番,俩人像在做配合默契的滑稽舞蹈表演,赢来阵阵叫好。

李楠楠和苏袖儿从南边来,一前一后穿过谷仓前青麻丛中的小路,绕过人群,在杜梨身边站住,杜梨回头看到他们后站起来,双手向后扶住宽厚的腰部,打了个哈欠,苏袖儿俯身摸着她小山包样的肚皮——苏向阳,拽着秦如瓦转了几圈,靠近了李楠楠,在秦如瓦甩开他的手走到杜梨身边时挥刀刺了出去——

人群、灯泡、四周的青麻、锦葵和苍耳,都在欢快摇摆,每只灯泡周围,都绕了一大团乱舞的蚊虫,拖出一根根白茫茫的细线,谁也没有听到有人叫喊,没有听到尖刀刺破肌肤、扎入一个人心脏的声音,时间突然慢下来,录音机发出的音符迟迟爆不出来,像卡在了空气中。秦如瓦转身朝谷仓门口走了两步猛然回过头,看到苏袖儿正在李楠楠怀里向地面滑,李楠楠挥着双手将要把苏袖儿抱住,苏向阳尚未缩回攥着刀柄的手——

"天哪!"

燕非难大叫一声,扔了画笔跑过来,杜梨向后退了两步跌倒在花草丛里,苏袖儿滑到地上,李楠楠抱起她向南跑,人群呼啦啦分作两个方向,一大队合着音箱里铿锵有力的节拍跟在李楠楠身后向南跑;一群转身朝向杜梨围过来,两股汹涌的潮水,碰撞后纠缠了会儿疾速分开。苏向阳向后退了两步,仰面倒在地上,秦如瓦朝南跑几步停住脚,又跑回来,跑到杜梨身边,地上的羊水,灯光下已亮晃晃一汪,燕非难问要不要挪到屋里,秦如瓦说快去拿床被子抬进去吧。

"来不及了,来不及了,快,快,就要出来了。"

杜梨欠起身冲秦如瓦喊起来。

夜风摇晃起灯泡,满院颤抖的人影子,不知道谁在高叫关掉音箱,但根本没人关注,音乐声仍高亢,个个急得原地打转。

秦如瓦跪在地上,向杜梨胯间伸出手,一个圆圆的、黏黏的、小小的脑袋落进她的手掌里。

"快,都站过来,挡着风。"

秦如瓦喊。

人们呼啦一下,绕着花草丛间的杜梨在上风站成几排,靠在一起。

秦如瓦一只和托住婴儿的头部,一只手按住杜梨的腹部,快,加油,加油,再用点力。一边大叫:"快去端开水来,锅里就有。快,加油,再使把力气,加油,肩膀出来了!"

杜梨一只手抓住一把锦葵,一只手抓住几根青麻,使出最后的力气——

手中的草菜被她攥烂了枝叶,人们都闻到了大股大股清苦的植物汁液味儿。

一盆热水被放到秦如瓦身边。"快,去屋里找剪刀,拿几块干净的布来——"秦如瓦抹了把额头的汗,接过一卷儿白布,"剪刀呢?剪刀——没找到?不行啊,再找啊,快去找!"

"这里有!"

人墙的第二排,伸出一只手,手里紧紧握着一把尖刀——

"哇——哇——"

一个女婴,抓着自己的脐带脱离了母腹,大口呼吸着秋夜的空气。

秦如瓦双手托稳婴儿,回头看了一眼,又看了一眼,背着灯光,她看得清他额头的汗珠,他们的目光碰撞了一下,秦如瓦接过刀扔进热水盆:"快,用块布把她擦洗干净——"

"快,把火机掏出来,对,对,多来几个!"

十几只火机嚓嚓地点燃了,秦如瓦举起刀放在火苗上,沾了水的刀滋滋地被烤干,秦如瓦蹲坐在地,在白布边缘扯下一缕纱线,熟练地用白布把婴儿裹了,将一小截脐带搂在手里,刀尖一挑,用纱线把脐带结住。

天哪,天哪!多么美丽的女孩!

众人围拢过来,瞧着被秦如瓦高高托在手里的婴孩,齐声发出惊叹。

杜梨松弛下来,抹着额头上的急汗。一只夜蝴蝶,扇动蓝莹莹的翅膀,绕杜梨飞了一圈,落在青麻叶子上。